# 星光不问赶路人

李航 著

中国华侨出版社
·北京·

**图书在版编目（CIP）数据**

星光不问赶路人 / 李航著 .—北京：中国华侨出版社，
2018.5
ISBN 978-7-5113-7643-5

Ⅰ.①星… Ⅱ.①李… Ⅲ.①随笔—作品集—中国—当代
Ⅳ.① I267.1

中国版本图书馆 CIP 数据核字（2018）第 057654 号

**星光不问赶路人**

著　　者 / 李　航
责任编辑 / 高文喆　程小雪
责任校对 / 志　刚
经　　销 / 新华书店
开　　本 / 670 毫米 × 960 毫米　1/16　印张 /15　字数 /171 千字
印　　刷 / 三河市华润印刷有限公司
版　　次 / 2022 年 2 月第 1 版第 2 次印刷
书　　号 / ISBN 978-7-5113-7643-5
定　　价 / 39.80 元

中国华侨出版社　北京市朝阳区静安里 26 号通成达大厦 3 层　邮编：100028
法律顾问：陈鹰律师事务所
编辑部：（010）64443056　　64443979
发行部：（010）64443051　　传真：（010）64439708
网　址：www.oveaschin.com
E-mail：oveaschin@sina.com

# 自序

做一个心里有爱的赶路人。

人生的曲调旋律，无论是亘古于轻盈曼妙的竹露清响，夕阳西下的长亭古道，还是恍若隔世的海阔天空，抑或是寻常巷陌的荆钗布裙，面临的种种境地，都是人生的真实写照。

无论身处繁华万千的城市还是穷乡僻壤的乡村，欢聚交流，觥筹交错的背后，人似乎都有一种无法逃脱的孤独。

从我们呱呱坠地、成家立业，更觉如此。你会发现人生的很多时光都被琐碎的小事填满。爱恨离别，生老病死，世人生命的姿态在起承转合、兜兜转转间百态尽显，有人凤凰涅槃得以重生，有人浑浑噩噩一蹶不振。

人生旅途中，能够抵御坎坷挫折与苦痛眼泪的，大概就只剩下坚强的内心了。星空之下，有很多人，和我们一样在路上不停地走着。这条路，那么短又那么长，那么近又那么远，生活不会问你从哪里来，生活只会和你不停地交手，让你有所顿悟，有所明白，有所放下。

写作已经十余年了，不得不说，时光它就是个魔术师，生命历程中的坎坷挫败，生命的反复无常，让我们看见了太多的人情冷暖，悲欢离合。人在命运的旋涡真如草芥，容易折断，因此需要自我珍惜，飞翔的路途让人迷茫，孤苦的思绪让人憔悴，生命的曲折让人担忧，但无论怎样，它就在那里，由不得我们半点选择，唯一能够改变的就是我们的态度。人生就像一个调皮的孩子，你根本不知道接下来他会怎样对待你，你只知道这风花，却不知道雪雨何时来，绵远情思有没有人能够等待，一路前行，不妨做个有爱的赶路人，走出幸福的里程。

做个心里有爱的赶路人，无论身处何地，都能找到希望，在奔跑的路上永远充满力量。

做个心里有爱的赶路人，无论身处何方，都能找到方向，在追逐梦想的路上看见曙光。

做个心里有爱的赶路人，无论身处何时，都能找到时间的钥匙，在人生的旅程中展开翅膀。

做个有爱的赶路人，就要抛弃名利，放下贪婪的欲望，就能远离蹙眉百度，辗转不眠，就能找到岁月静好，人生旷达。

让我们带着时光这个美人，做一个心里有爱的赶路人，携一缕阳光，揽一缕清风，用心去体味这五彩斑斓的世界，用真诚去珍惜友情、亲情，给苍白的日子以色彩，给沉闷的空气以清新，给空虚的灵魂以慰藉。便不枉岁月如歌，人世繁华。

红尘做伴弱水三千，人间百态沧海桑田。让我们停下匆忙的脚步，听风语，听海唱，听花朵的呼吸，听灵魂的音符，便能在瞬间抓住永恒，便能在世界里尽情地享受每一寸蔚蓝的天空，欢颜于每一朵花优美的舞姿。春去秋来，花开花落，在人生的旅途中，曾匆忙地穿行过许多风景，却不曾停下脚步来品味每一个风景，铭记生命的每一个感动。为了弥补岁月的亏空，我用闲暇的时光记录下这些饱含情感的文字。

也许它略显浅薄，却足够真诚。无论时空翻转，日月旋转，这份纯真不会因时间而风化，字里行间的真情也不会被岁月所典当。

这些琐碎的文字是在时光的偷窥下，用心品味人生的感悟之言，纵使路途多舛，步履维艰。山一程水一程，路途茫茫，我在熙熙攘攘的人群中穿梭前行。岁月匆匆，有人在万家灯火里相聚寻梦。而我，用自己的笔，记录一些生活中的绵长和感动。

希望你在这些琐碎的文字中找到一种寄托！

# 目录
## Contents

第三辑 ｜ **最匆忙的时间**

昨日看花花灼灼，今朝看花花欲落

第四辑 ｜ **最淳朴的乡野**

明月松间照，清泉石上流

**第五辑 | 最独特的感悟**

抽刀断水水更流，举杯消愁愁更愁

# 最走心的温情 · 第一辑

流水落花春去也，天上人间

# 「故乡」

　　五月的太阳，还算不得很热，在家乡武胜的小镇偏居一隅，却能清晰地感受到太阳的灼热，我们看着躺在床上的奶奶，半趴半睡，瘦弱的身躯卷在一条饱经岁月洗礼的毛毯里，她年事已高，已经不能行走，奶奶躺的床是以前出嫁的时候娘家人送的嫁妆。在我年幼的时候，看着这镌刻精美花纹的床曾无数次对我的婚姻做过想象。床承载了岁月无情的流逝，床上的每一个角落都见证了奶奶从莲花般的女子剥落成饱经时光压榨的老妇人，一切都来得太突然，似乎昨天她还好好的，但今天就开始瘫痪在床了。我冷静地看着，生怕有一丝疏漏。

　　我知道自己在佐证，在怀疑。床的顶部照旧是我们用凉席搭的顶棚。刚回来的时候屋子布满灰尘，到家之后我便迫不及待将屋子清扫了一遍，以前小的时候，屋子里里外外都是奶奶打扫，那时候我年纪尚小，自然不知道生命会在时间的见证下以一种决裂的姿势垮塌。

　　纵然有岁月蹉跎，光阴转瞬的真理，可当你与她们告别的时候，那种突兀与颤抖在你的面前掀起轩然大波仍然让你措手不及，痛苦不堪。屋子有些久远，外面的墙壁斑驳破旧，蚊虫啃噬的痕迹随处可见，屋子外紧靠着大片的竹林，所以母亲特地点了几盘蚊香。蚊香燃烧得很慢，很迟钝，仿佛是要抓住时光的脚步，烟雾是淡淡的清冥。像我们此时的表情，内敛，沉默，无声。阳光从中午之后到现在，一直热意不减，一寸一寸往心里钻，与之相伴的还有沮丧和无力感。

此时家里显得很热闹，都说奶奶不行了，大家都急匆匆赶来，似乎只有这种与生命告别的方式才能触动在外游子的心，我们就像是风吹散开四处漂泊的种子，落在不同的土壤，不同的地方，生根发芽，这一刻，因为一个老人，聚到了这里。

从我记事起，就见惯了别人的喜怒哀乐，见多了生离死别，但见自己亲爱的奶奶行将就木，那种撕心裂肺的痛苦和无力感却让我的声线开始颤抖，继而是大哭，心里大雨滂沱。自从爷爷去年走了之后，这个已然残缺的家庭就像摇摇欲坠的大厦，我清楚地明白，奶奶一走，那么今后亲人见面的机会就会更少，纽带一断，就像隔着一条河，就算知道对面是认识的人，但总迈不开步子去走亲。家里人都没有心情吃晚饭，大家愁眉不展。父亲是奶奶最疼爱的小儿子，每次奶奶打电话都是第一个想到父亲，现在父亲焦头烂额，一个人踉踉跄跄在屋角后面大哭，那是我第一次看到刚强的父亲泪流满面，生活的艰辛和人世间的惨淡都未曾将他击倒，一向开朗的他在此时像一个无助的小孩。

过了一阵子，父亲来了，眼睛红肿，面对面地跪在奶奶的床头，此刻的父亲沉稳无言。岁月割开的伤口释放的疼痛在心里面剧烈撞击。家乡这一片土地，赋予我们的秉性是坚韧、刚强和勤劳，也许父亲明白再撕裂的苦痛也只能自己默默忍受，因为除了面对，别无他法。

猪在圈里嗷嗷地叫着，声音似在抗议，多半是饿了或者渴了，它无法像我们一样感知生死，它只是在这一两天，突然感到时光与往日不同，再也没有那个熟悉的身影准时来到它的面前给它食物。它小小的眼睛扑朔迷离，一群人从四面八方赶来，聚在一起，只为了看奶奶最后一眼，见最后一面，血浓于水，亲情链接了不同地方不同姓氏的人，我只熟识我的本家，但家里断断续续来了一些外地人，说是奶奶娘家的人，风尘仆仆，疲惫沧桑，眼睛里满是悲凉。家里的猫此刻不知道跑到什么地方去了，哪里都寻不着，以前这个点的时候它都会乖乖地守在床前，也许它是饿了，出去寻食去了。

下午七点，奶奶终究是拗不过时间，咽下了最后一口气。吹喇叭的人闻声陆续而来。简单搭了台子之后便开始做事，喇叭的调子悲怆，节奏时而紧凑时而舒缓。像一座城池被千万敌军攻占屠城的追杀，像无数朵盛开的回忆之花，想起奶奶轻轻唤我小名的慈祥，想起奶奶牵我小手赶集的画面，想起奶奶在院落里晒谷子喂鸡，想起奶奶晚上睡觉之前给我驱蚊扇扇子……泪水模糊了脸，迷茫了视线。

额头有些发痒，用手一摸，才发现是一只蚂蚁，我仔细看着这只蚂蚁，纯黑的身体和腿脚在我的手里乱动，这种蚂蚁也是家乡的客人，它们和我们一样在这片土地上繁衍生息，家乡武胜这片土地有很多平凡的生命，和人一样，牛，马，猪，鸡，狗，猫，燕子……

起风了，一节节竹子在风里摇来摇去，今天的风不大，只是轻柔地卷起它们，远处的几棵柳树也在风的邀请下开始翩翩起舞。这些柳树都是奶奶以前种的，看着它们就仿佛看见奶奶仍站在我面前。

柳树的诗词我也记得，奶奶是一个文化人，是村里少数读过书的人，民国的旧学底子向来很扎实，我的文学启蒙老师就是奶奶，奶奶惯常出口成章，看见什么就教我什么，比如《咏柳》的诗句，我至今还记得：碧玉妆成一树高，万条垂下绿丝绦。不知细叶谁裁出，二月春风似剪刀。

我那时是一个顽劣的孩子，对于读书虽然不抗拒但也不怎么喜欢，学习大多时候是一件枯燥的事情，所以我和奶奶大多时候是伴随着聊天的方式进行学习的，奶奶的口才了得，往往能将一些道理穿插在故事里面，常常让我着迷。

那时候我年幼，奶奶腿脚利索，时常带我走街串巷，逛街买菜，举手投足间便给我讲一些人生的道理，奶奶也还年轻，脚步稳健，全然不像如今的瘦骨嶙峋，她的皮肤虽然松弛，但神采奕奕，直到我八岁，去了寄宿制学校读书，才和奶奶分开，一方面她要照顾年幼的外孙女；另一方面，那时候爷爷经常在外面接一些零活，她也跟着爷爷东奔西跑打下手，所以我和奶奶的见面时间大为减少。这些年，我读书，工作，为了生存奔波，在外面的世界闯荡，一直想生活安定的时候好好报答奶奶，未曾想到居然是以这样一种残酷的方式见最后一面，童年的美好都随着时间溜走而一去不复返了。

我抬起模糊的视线，看着奶奶安详地躺在那里，时光在她身体的每一寸肌肤都留下了痕迹，她的面庞已经瘦成一张皮，全然没有之前的饱满和张力，脸颊上的沟壑记录着她风尘仆仆的年岁和生活赐予的艰辛。

心里难受的时候真的是无法用确切的语言来表达，最不忍心的莫过于父母，记忆中，父母总是乐呵呵精神饱满的样子，也不像现在，憔悴不少，苍老不少，一些白发竟然在父亲母亲的头上扎下了根，并有越来越多的趋势。母亲勤快，父亲坚强，一直是我学习的榜样，母亲是个勤快的人，常年操持着一个家庭的琐事，精打细算，勤俭节约。我们读书的时候，自然不知道生活的艰辛，常常是玩得疯狂，害得母亲常常出门找我们，那时候我们真的不懂事，现在看来，那些年，父母为了生计奔波，吃了很多的苦，而我们都没有做好自己，让父母在繁忙之余还要分出心来照顾我们。

黑色的结果带来的是绝望，我们常年在外奔波，自以为是地计算着未来的生活，却忽视了身边最亲的人，从这一点来说，我们又是多么的自私和不堪，我们忙着为自己所谓的理想拼搏，忙着为自己的小日子周旋。我们只是在某日因为一场黑色的相聚才看清了岁月，我们惊呼，时间怎么走得这么快，怎么会这样，带给我们的除了震惊就是哑然。

蚂蚁顺着我的衣服爬到了顶端，它发现自己已经到了最高点，原以为路的前方是路，没想到却是尽头了，它收住脚步开始打量它背后走过的路。人生有时候就像蚂蚁，有的路走完就没有路了，诸如时间，时间剥离之后就只剩下死亡和绝望，哲学家说：我们人活在世界上就是在忍受痛苦，无论怎样，我们都逃脱不了生活的压榨和勒索，我们无休止地随时随地都在和生活较量，为的是我们的未来能有一个安详的晚年。

我们多像种子，背井离乡，远离亲人，在异地奢求能开花结果，享天伦之乐，却忘记了树无论长得多高、叶子多绿，根始终是故乡的根，不管落在哪里，不管以后是辉煌还是落魄，家乡的一切都不会因此而拒绝一个思乡心切的游子。

我听着这撕心的音乐，泪眼蒙眬，鼻子发酸，竟然有数不尽的悲意袭来，如今，年岁渐长，自然更加深刻地理解了人世间的诸多不易，奶奶一走，家里就更加冷清了，记忆随着奶奶的离去越来越远，越来越轻，甚至不及一缕轻烟。

　　奶奶走了，所谓的故乡渐成记忆中的影，亲人都不在了，便缺了一个回家的理由，回去了也是孤零零一个人，除了凉意阵阵袭来，全然感觉不到一丝快乐，反而郁闷的慌。可是回忆却如此真实，每次看见陈旧的房屋，看见门口的石磨就会想起奶奶的身影。午后的小路也因为没有人走已经杂草丛生，盖得严严实实，找不到一点痕迹。岁月真是一个很强大的魔术师，村口，有一些地标还在，它们只是更沉默了，它们看着村里的人一个个地走出去，看着年老的人一个个地告别人间。

　　有时候想，这也许就是本能存在的一种方式吧，改变不了，也抵御不了，唯一能做的便是把自己和亲人照顾得妥帖和周到，这个世界上，依然还有那么多人为生活奔忙，那么多的喜怒哀乐在上演，一幕幕分离，一幕幕感动，一幕幕心酸，一幕幕温暖。而我，时常在梦中醒来，似乎有人在呼唤我的名字，风在轻轻地吹，窗外一片静谧，偶尔有虫鸣。记忆的闸门在某个时刻会被某种介质轻易推开，那是我心中永恒的挂念，那是我曾经的美好所在，是我从生到死都无法拒绝的温暖港湾。

「母亲的手机」

　　母亲曾经自豪地告诉她的朋友，她一生最高兴的几件事就是她的两个孩子大学毕业以后找到了一份稳定的工作，除此之外，就是会用手机发短信了。母亲说这话的时候带着满足的神情，每当我跟母亲通电话、发短信，我的脑海之中就会浮现母亲使用手机一字一句给我们认真编辑短信的场景。

　　母亲是一位朴实的劳动妇女，生于乡村，长于乡村，乡村中的人都把土地看得很重，邻里之间很多事情的恩怨纠葛都是从土地开始的，土地是农村人的命根子，不可或缺，土地是五谷杂粮的来源。每天日出而作，日落而息，把所有的汗水都交给了忙碌的生活，厚实的土地。这样的生活颇为艰辛，母亲整天劳作，但我们的生活总是捉襟见肘。母亲没有读过多少书，那时候家里经济紧张，加上兄弟姊妹又多，作为家里的老大，她很早就挑起了生活的重担。文化不高给母亲带来了很多不便，也使得她受了很多苦难，因此到我们这一代，母亲便把希望放在我们身上，要求我们一定要好好读书。那时候我们成绩不好，为了让我和妹妹专心读书，母亲一个人操持家务，一个人忙上忙下，父亲则腾出手来去外面打工，为家里减轻生活负担。母亲的言传身教无形当中给予了我们极大的影响，我们一直在努力学习，从初中开始，我和妹妹便你追我赶，在学习上互相监督，最终我们考上了大学，这让母亲喜不自胜，颇为自豪。

在我们去大学报到离家后的每一个日子，母亲都显得很焦急，邻居告诉我们，母亲是担心我们远方求学过得不好，对于从没出过远门的我们，她迫切地想知道我们是怎样度过每一天的。以前都是三个人在家里，热热闹闹的，现在我们一走，母亲独自一个人在家，没有子女在身边，自然不习惯，寂寞常常窜出来，搅得母亲心神不宁，一个人的日子自然是难熬的，妹妹是个细心的人，为了能够缓解妈妈的忧愁，便给母亲买了一部手机用来和我们联系。仍记得母亲拿到手机的时候，激动得拿着手机，迫不及待地抚摸起来，这里按按，那里瞧瞧，好像在翻自己的土地。我们和母亲商量，每周周五打电话问候，母亲同意了。这个约定我们保持了很多年，一到周五，就像我们的节日一样，无论我们的课程有多忙，给母亲打电话都是我们雷打不动的习惯，电话那边，母亲的声音，温暖人心。后来，随着开销越来越大，母亲决定到外地和父亲一起打工，母亲应聘到一家宾馆做保洁，由于工作性质不允许打电话，为了节约费用，母亲便决定学习发短信。放假的时候，我们两个人把母亲围在中间，给母亲讲解短信的编辑和发送功能，母亲则像一个小学生一样，眼睛里满是好奇的神情，我们看起来很简单的操作，母亲则需要很久才能领会得到，学习编辑短信的空当，我无意间看见了母亲花白的头发，在灯光下很醒目。

勤奋的母亲终于学会了如何发短信，因为短信费用低，母亲便把它当成了联系我们的重要方式，时不时地发短信问候我们，看到我们回复的消息，她就会乐呵呵高兴一阵，像一个快乐的孩子。此时，母亲对短信的热衷已经超过了她的生活。

我们和母亲总是聚少离多。外出的时候，母亲总要千叮万嘱，让我们照顾好自己，吃什么穿什么一定不要亏待自己，身体最重要，母亲说这话的时候言语认真，全然不像是一个记忆力差的妇人。后来听妹妹说电话还可以用微信视频聊天，最主要的是免费，她又忍不住要学习，那时候我们要去上学，母亲拿了一张纸和笔，让我把微信使用的步骤和过程写出来，以便于她学习。我对母亲的行为表示理解，她是一个闲不住的女人。写完所有的步骤之后，我给她讲了一遍，母亲似乎不是很懂，她问我，是按这个绿色的按钮就是可以发语音？一直要按到说完为止？是不是按到了就可以讲话然后可以发送？我说不全是，我给母亲做了解释，母亲还是不懂，我有些火了。埋怨了两句，母亲不吭声了。妹妹这个时候过来救场，母亲在妹妹的细细讲解下终于明白了使用方法。看着尽显老态的母亲，我心中有些愧疚，皱纹已经在这个勤劳善良的女人身上悄无声息地爬上来，侵占了她的脸庞。

离家之后，我们时常和母亲联系，母亲已经能够使用微信了，微信里母亲亲切的声音让我们的心里温暖如春。然而，有一次妹妹告诉我，母亲的手机打不通了，打了几天都是关机。她有些担心，母亲是从来不会关机的。听到这个消息之后我马上拨打了母亲的电话，果然是关机，我有些心急，课也听不进去，许多不详的猜测在我的心里像海浪一样一波波地滚动过来。真担心母亲是不是发生了什么事情。后来我们打电话联系了邻居周大娘，周大娘告诉我们，我们的母亲好好的，在地里弄庄稼。后来询问才知道，母亲找不到充电线了，手机没电就关机了，加上这几天事情比较多，她实在走不开，等把手里的事情忙完了，回去立即充电，母亲不停地给我们解释，像犯了错的小孩子。她给我们说，以后她一定收好东西，要不然手机充不了电，联系不上你们，那就担心得很。为了便于和母亲联系，我和妹妹商议，给她配了两块充电板，免得手机关机，开了一个常年包月的流量套餐。这样就可以保证母亲能够随时和我们联系。

没有多少文化，更没有多少爱好的母亲，为了和子女联系，却硬是凭着一股不服输的劲，学会了发短信，玩微信。母亲常对我们说，她对生活没有什么特别的期待，只要我们过得平安和睦，健康快乐，那就是难得的福气。

母亲对于我们人生路上的每一次选择，都给予了一般人难以想象的理解，她说，每一个工作，最重要的是自己喜欢，要有成就感，快乐是最重要的。做什么事情都要问问自己的心。五十多岁的母亲，到现在依然每天早起操持一天的家务，从来都是任劳任怨，没有半句怨言。

以前的我很不明白为什么母亲从来不考虑她自己，她为了家族付出了所有，给予父亲、妹妹和我无限的爱，却从来没有考虑过自己，对于母亲，我想，只有用一辈子的陪伴来好好报答了！在母亲的眼里，我大概永远都只是她长不大的孩子！

我慈祥而又善良的母亲啊，因为牵挂儿女，会不顾一切，克服困难，学习进取，这是怎样的一种母爱啊。母爱深深，有母亲的爱在，我和妹妹就会在人生的路上走得更踏实，更认真；有母亲的爱在，我和妹妹的世界里，永远都有幸福的笑声；有母亲的爱在，我们才有幸运的人生。

　　母亲的手机里，存着我们家人的爱，我知道无论走到哪里，无论在哪里扎根，母亲都不会忘记我们，因为我们是母亲和父亲最牵挂的人。

## 「父辈的爱情」

母亲和广大的农村姑娘一样，年轻的时候经人介绍认识了父亲。

她们那时候的恋爱，很大程度上是父母之命，媒妁之言。在亲戚的介绍和撮合下，母亲和父亲成了家。父亲那时候家里穷，加上又是独门独户，整个村子里就一家姓李的，势单力薄，母亲自然也跟着受了不少委屈。在艰苦的日子里，母亲任劳任怨，咬着牙，一步步努力的奋斗，竭尽全力把家人照顾好。很多事情母亲也都愿意和我交流，因为我是长子，所以发生事情之后母亲想到的第一个人就是我。

记得有一次，母亲打电话给我，急促的电话声里母亲在流泪，从她哽咽的话语里我听到了不幸的事情：父亲住院了……

父亲在外打工，做事情的时候突然腰疼，开始以为只是偶然痛一下，然而，腰痛进一步加剧，父亲站立不稳，昏倒在地。有好心的过路人看到了父亲，便把他送到了医院。

妹妹离父亲打工的城市比较近，我给妹妹打电话，她似乎还没睡醒，一股劲地说我打扰了她的睡眠，大好的黄金休息时间被我打扰了。我告诉她，父亲出事了。她一看手机，才发现母亲也给她打了电话。

　　她六神无主，问我的意见。我让她请个假，带上钱，现在赶紧去父亲所在的城市。

　　母亲在家里肯定度日如年，天气有些冷。黑夜仿佛是如此的漫长，她把所有的希望都寄托在我和妹妹的身上，妹妹不敢迟疑，马上请假去了父亲的城市。我按捺不住，也在两天之后去看了父亲。

　　医生告诉我，父亲体内有一个肿块物。X光片已经照了，待出来之后才可以分析是良性还是恶性。第二天医生告诉我，透过X光的细致检查，是一个肿瘤。医生建议开刀手术，我问母亲，母亲有些拿不准。我决定还是做手术，肿瘤这个事情拖不得，手术之前照旧是签风险告知单，在手术室外不止一次接到医生递送的风险分析单，几次喊我进去，吓得我魂飞魄散。经过几个小时的手术，父亲体内的肿瘤被切除了。

　　后来妹妹的请假日期到了，需要这回学校。我就一个人守候在父亲身旁，一个多月的时间里，我天天侍候父亲。第一次连续几天几夜没有合过眼。护士让我看着输液瓶，快输完之前就要马上通知，还叫我必须不停地喊父亲的名字，不能让他睡着，一旦睡过去，就再也不会醒来。照顾病人那段时间我疲惫不堪，几天几夜在病床边让我十分困顿，想到母亲和父亲在以前艰难度日中还照顾我和妹妹，也就理解了他们的艰辛和不易。

　　好在上天眷顾，经过一个多月的调理，父亲醒了。那段时间，母亲经常打电话来问，执意要和父亲通电话。父亲身体虚弱，行动不便，我给母亲解释，母亲就更加担心，担心父亲不是我说的那个样子。如果父亲好的话，为什么不让她和他通电话呢！

　　又过了几天，父亲可以说话了，才和母亲通上话。电话那边，母亲听到父亲的声音，就哭了起来。我听着也忍不住掉下了眼泪，好在父亲病好之后给了母亲莫大的安慰。母亲的愁云也渐渐消散，母亲对父亲的牵挂让我们见证了珍贵的爱情，我想，世界上最伟大最可贵的爱情便是如此吧，相互问候，相互牵挂，相互关怀。

父母的爱情，也许没有很多甜蜜的情话，但是他们比我们任何一个人都懂得，什么是责任，什么是家。

父亲母亲之间，少了爱情的自私，多了亲情的纯粹。

# 「扶着父亲上楼」

在县人民医院住了半个多月，父亲终于出院了。

我拿着钱到药房结完账，拿着账单，一路小跑到外科大楼六楼，这段时间病人很多，父亲被安排到外科大楼的临时过道边。我回到父亲身边，他斜躺在床上，见我回来，便试图支撑着虚弱的身子坐起来，我马上扶住了他，帮他慢慢移动，升高他的床。他看了看我："账单结完了？""结完了，结账的人也多，但我担心你，给前面的几个人说了情况，插了个队，所以很快就弄完了。"

账单总共一万五千多元，父亲瞅了半天，叹了口气："医院就是烧钱的地方，这病真叫人遭罪。"

这一万多块钱有相当一部分是从亲人那借的，加上最近生意差，所以境况是雪上加霜，屋漏偏逢连夜雨，怎能不令父亲心疼！

我把拖鞋给父亲套上，扶着他，慢慢地穿过医院长长的过道，过道基本上都被住院的病人占满了，经过之处，消毒水味，说不清的药味，还有各种药剂挥发的刺激性味道扑面而来，让人头晕。

下了楼，父亲提议到医院的后花园坐一坐。午后的太阳照在身上暖洋洋的。一些植物的影子被时光剪碎，落在地上，交错成一幅黑色的画面。后花园空气是清新自然的，绿茵茵的草坪，高大的植物相映成画。看着外面的三三两两的人群，心中突然涌起无限的美好，幸好，父亲康复了，毕竟，医院这个地方每次进进出出，看到了好多死亡的例子，有的人逃过去了，有的人不再醒来。好在父亲挺过来了，只有经历过才能体会到活着的幸福。

出了医院大门，我招了一辆出租车，扶着父亲贴窗坐下，父亲沉默不语，只是把头扭向一边，静静地看着窗外的风景。

车子一会儿就到了我们所在的小区，父亲见我拿十块钱给司机，司机没有找钱，有些惊讶地问："这么一点距离，都要收十块钱？"司机说："你是多久没有坐车了，到医院这一截经常堵车，现在步行街又不准转弯，相当于以前五分钟走的路程要另外绕一大圈，我们不是乱收费，都是这个价。"

车子到楼下的时候，父亲执意要自己爬楼，我担心他的身体，便要扶他，他不肯，开了两次刀，大病初愈，他走起路来摇摇晃晃，步履蹒跚，父亲是个要强的人，他先将一只脚放在台阶上，然后用双手使劲扣住另一头，慢慢挪动他的脚，刚爬了几级，汗水哗哗地流。

大颗大颗的汗珠落到台阶上，开出一朵朵固执的花。

我在一边，注视着父亲的白发，父亲的腰也佝偻不少，年轻气盛的影子已经远去，看着他吃力，颤巍巍的样子，我有些心疼，父亲是老了啊，我轻轻走上前去，轻轻扶他，这次他没有拒绝，任由我轻轻握住他的手。上了两楼之后，父亲已经累得气喘，还有三层，我对父亲说："我抱你吧。"

父亲有些惊讶地看着我，有些发愣，父亲说：“你抱得动我不？”

我说试试吧，他没有再推辞，父亲伸出双臂慢慢绕过我的肩膀，我一手扶着他的腰，一手扶着他的腿，极其小心地将父亲托起，起身，迈动细小的步子，原以为很吃力，没想到轻飘飘的，仿佛抱着一只风筝，还没有一担水沉。因父亲年事已高，在经历了两次大手术之后身体已经大不如从前，记忆力也是日渐衰退，常常记不得自己放的东西。我一想到我的父亲已是垂暮之年，加之现在的家庭近况——负债累累，鼻子一酸，忍不住，大颗大颗的眼泪就掉了下来。

过去，父亲和母亲起早贪黑，辛苦哺育我们，一幕幕陈年故事上演，清晰地在我眼前翻转，那时候，我出生两年后，妹妹也出生了，家里的所有负担都压在父亲和母亲身上。我们兄妹两个，都是父亲和母亲倾尽所有心血养大的，甚至在外打工，为了孩子有个温暖的家，无论生意再忙，生活再苦，都会尽量满足我们。小时候体弱多病，好动惹事，经常给家里惹麻烦，每当这个时候，父亲总是第一个出现，为我犯下的错灭火，在我的记忆当中，父亲都是沉默且寡言的。

小时候我生了一场大病，断断续续，直到十岁才完全好了，十岁以前，母亲和父亲轮流照顾我吃药，据我的母亲说，我的病常常是晚上发作，发作起来经常是大喊大叫，睡不成觉是最恼火的，晚上折腾一晚上，到第二天，每个人都精疲力尽。现在回想，估计也只有父爱和母爱才能有这份耐心吧，要知道伺候一个人一天已经很累了，更何况是几年没日没夜的煎熬，这需要多大的耐心和毅力呀。

我的父母一天天老去，我们也一个个长大了，结婚，成家，生子，甚至还没来得及歇一口气，父母又义无反顾的兼顾起照顾第三代的责任。

我们工作，买房，买车，父亲和母亲两个东奔西跑，左挪右借帮我们缓解压力。

我抱着父亲，轻轻的，迈上一个个台阶，脑子里的画面轮回放映，一步，一个脚印，九十多斤的父亲轻飘飘的，却压得我的心情酸酸的，眼泪止不住的涌出眼眶。

"累不累？累的话就放我下来吧。"快到五楼的时候，父亲问我。

"不累，你又不重。"

他点了点头，又说："辛苦了，老爹不中用了，没想到现在还要儿子来抱着走。"

"这有什么，应该的啊，孝顺天经地义。"

"五楼难爬啊。"

"不难爬，你看马上就到了。"

"儿啊，还是累哦，你爬了一百三十级台阶，我走一步都很吃力了。"

"嗯，爬爬更健康，就当锻炼了。"

蓦地，我的心涌起一阵阵感动，亲情之爱，水深三千。

父亲的爱如大山，只要是与子女相关的事情，他都会记得清清楚楚，哪怕记忆力再不好，却从未忘记。

# 「写给奶奶」

照例是回了陌生的乡村去看望奶奶。

路边萋萋的野草已经盖满整个小道。轻轻地踏进这条羊肠小道，再拐个小弯，就有一种坠入时光交错的窒息感。在被时光侵蚀的斑驳墙外，旧时的痕迹带来的荒凉依旧触目惊心。在一片竹林的怀中，躺着的便是奶奶的坟。

半月前，才回家看过奶奶，那时的她已经卧床不起，孤独一人在狭小的房间被喧嚣的世界所遗弃，眼睛努力睁着，嘴微微的蠕动。虚弱的身子宛若被榨干了汁液的枯叶，只要有风轻轻一吹，似乎就能将它带走。我站在她的床前，轻轻地摸着她那干瘪的手，凑到她耳边轻轻地说："奶奶，我来看你了。"半晌，她似乎是感受到了我手里的余热，因为声音不大，她自然是听不到了，先前三年，在爷爷走了之后，不多久，她已经彻底蜕化为一个重度耳聋患者了。只要你喊的声音不是足够大，她都听不清你在说什么，唯一的反应便是茫然地挤出一丝微笑看着你，然后摇摇头。

她颤颤巍巍地吐出几个字："是阿林回来了？"阿林是我父亲的小名，

也是她最小的一个儿子。

"不是阿林，阿林是我父亲。"我大声说，"我是你的孙子，小航。"

"小航啊，是来看我的吗？"她扭动自己的身板，显出努力的样子。我轻轻地扶她起来。然后把买来的东西，吃的东西，暖手袋一股脑放在她的床上，随即轻轻地拧开一盒酸奶，递给她。她轻轻推开我的手表示没有胃口。她的手冰凉无力。我又赶劲拿暖手袋给她，她开始小心翼翼，后来熟悉之后就一直紧抱不放，然后仔细地端详我的模样。

"你变胖了。"她喃喃地说。

"嗯，最近吃得太多。"我用手比画了一个手势，传达给她。

她似乎是没有看懂我的手势，自言自语地说："我还不知道能活多久。"

我正在心里谋划，怎么鼓励她坚强。这时候她突然用力地握着我的手，脑袋微微靠向我。

"对了，她怎么没回来？"她渐生疑惑。

她？突然我就明白了，她所说的话。

自知躲不过去，只好用谎言来掩盖我单身的事实。我说她在外面工作，不久之后就会回来看奶奶。她似乎是很埋怨，反复地问，怎么不带回来，带回来奶奶可以帮你看看人。

闲聊几句之后，我和她都感到费劲，尤其是我，嗓子都喊麻了。接着便是一段时间的沉默，仿佛时间都停滞了。

"要不要出去走走？"我拉着她的手示意下床，她不肯，手使劲地缩回，然后慈祥地看着我。

她不吭声，仿佛没听到，我就这样静静地坐在她旁边，让她轻轻地靠在我怀里，安静地不说话。

就这样。时间一点一点从我的手中滑走……

手里定的闹铃开始响起。我知道该走了，每次来看她，走的时候都特别艰难。

我也明白，分别在所难免，唯一能做的，便是陪伴。她依旧静静地抓着我的手，眼里满是慈爱。

我装出轻快的样子，凑到她耳边说："奶奶，我就准备走了。"

她此时望着屋外发呆，外面阴雨蒙蒙，远处的乌黑挤压着窗外的视野，时不时的有燕子，在我家的阁楼前面低空掠过……她毫无反应。

我鼓起勇气，在她的手心里写字：我要走了。

这个时候她才慌慌张张慢吞吞地转过身来，仿佛受伤的孩子无路可逃。半晌，她用试探性的口气确认："现在走了？"看到我点头之后，她蓦地感到突兀起来。"耍下……再走要的不？陪陪我讲讲龙门阵。"她的语气充满了哀求和不舍。

我努力平息眼里的泪水，对她说我过几天就回来看她，只需要几天，"我去上班，上班才有钱挣，有钱就可以给你买东西，比如这个。"我将一个手链轻轻放在她手心。

她的眼睛突然就黯淡下来，是那种落寞的神情。但我的手在她手里却分明感受到了那种使出力气的紧握。此刻她就像个孩子一样。

"嗯，是要挣钱。"她突然明白了，轻轻磨出几个字。

"来，亲亲你。"

我把脸凑过去，在她核桃般饱经风霜的脸上印了一个深情的吻。

然后试着缓缓地抽开手，她不说话，就坐在床沿边，看着我给她买的东西一动不动。心里的滋味翻江倒海，辛酸强烈的撞击着我的内心，我的心突然有些闷得慌。

每次回到县城，父母总打来电话问候关于我的学习生活等。

妹妹也打电话询问关心我的境况，偶尔会问奶奶怎么样了。

我的奶奶就在家乡，一座不起眼的两层砖房的小床上跟时间抗争。考虑到年岁已大，在去年的时候三哥已经回去照顾她了，可是我回去的时候，只看到她一个人在，单薄的身影让人心疼。

一周之后，我再次去看她。

她更老了，手臂上的黑斑越来越多，皮肤松弛得更加厉害。

真是岁月不饶人。

奶奶年轻曾有的耳聪目明逐日敛息，被时间销尽。如一蓬火，燎烧之后，焦黑的边缘镶上岁月的脉络，寂静，缓慢，忍受痛苦却又无可奈何的辗转翻腾。

残酷莫如时光。

年轻的时候听周围的相邻说奶奶当年也是多么美丽文静的女人。

奶奶出生于一个地主家庭，家境优越，当年也是赫赫有名的千金小姐，还是少数有知识有文化的女性。

在我小时候，奶奶经常背诵一些诗文给我听，有些诗文见所未见，闻所未闻，这也许是我到现在喜欢文学的原因。奶奶是我文学的启蒙者。

上次回去，我给她买了护手霜。帮她洗过手。然后仔细的给她涂了一遍又一遍。

我轻轻地把她搂在我的怀中，然后拿着镜子问她："擦了之后是不是很舒服？"

她扭过头，显出迟疑的样子。

看着我一副奇怪的表情。

她耳朵听不到了，猜测以为是我在问她好不好。习惯性的挤出一丝微笑，脸上的皱纹撑开如一朵干瘪枯萎的花，笑容之间，分明夹杂着淡淡的苦涩。

我从被窝里掏出她的手，紧握，冷，她嗑出一个模模糊糊的字，想把手缩回去，那样子，生怕遇到了坏人。

我靠着她，她的眼睛微微眯着，不说话，外面的声音仿佛都被隔离开来……

## 「一条路的独白」

有没有一条路，适合奔跑。

乡村的路在我的记忆中总是朴实的，一条蜿蜒的路，从天边的尽头绵延到我的身后，以一种不规则的姿态铺在大地的皮肤上。这是一条僻静的小路，大多数时候它是安静的，只有在赶集的时候才热闹起来，除了村里早晨上学的孩子外，在这条路上行走的人屈指可数。路的旁边是村庄，居民的院落点缀其中，它们之间夹杂着无数的梯田，山坡，草木，庄稼，以及一些我叫不出名字的小花。

小的时候走这条路，总以为这条路很长很长，尤其在泥泞的时刻，蹒跚而行。更能够感受到道路的曲折蜿蜒，恨不得马上把这条小路走尽。回到家的时候，呈现的常态就是裤子被霜露浸湿，裤脚沾满了数量众多的苍耳子。

长大后，再走这条路，却感觉这条路短了不少，窄小的感觉反差巨大，路应该还是当初的路，但人已经不是当年的人了，而立之年再走这条窄小的路，依然有所感慨。

虽然经历了无数的风雨侵袭，小路却依然保留了当年的模样。

　　路的半腰处，新接了一条宽阔的大道。这条大道显然是新修的，约有五米宽。在农村，水泥铺成的大道算是很好的路了。以前，这也是一条偏僻的小径。在我出生之前，这条小路就已经存在，那时，穷乡僻壤，交通不便，村子里面的特产卖不出去，只能靠最原始的推拉，肩挑。人经常在上面走，走的人多了，也就成了路。

　　小路从我们家门口的土地上穿过，为了让它和我们院落连接起来，我曾跟随我的父母，拿着小锄头，一起从我们院落里直挖到小道上，从杂草丛生的灌木丛中砍出一条小路，连成一体。在小路的旁边，正在开挖一条大道，有一截已经铺上了水泥，几个工人正在不停地忙碌，他们拿着建筑常见的工具。运送沙子、袋装水泥。在一个水槽里搅拌，一些负责铲平路面，一些负责拉翻斗车铺上碎石。

　　村里悠闲的人，则三三两两聚集在一起，边看着铺路边闲聊，时不时地对这条路评说，从他们的神情中，你能看到他们的惊叹和兴奋。现在的人都不走小路了，走的都是平坦的大道，尽管大道离市场更远，需要绕一些，但大家都对大道显示出了极大的热爱。小的时候，每次赶集在半路上都会和熟人照面，寒暄，唠会儿家常，热闹的感觉和氛围让人很是亲切。现在坐车的人多了，走路的人少了，即便是碰到，也是行色匆匆，农村一直都是忙碌的，只有在赶集路途中休息的片刻似乎才有时间交谈。

　　散步的时候我看到了王婆，王婆老了不少，颤颤巍巍的，步履蹒跚，似乎每走一步就要用掉她所有劲。她的手里，提着刚从市场上买来的几袋东西，走在水泥路上，自然没有原先的提心吊胆，担心滑倒摔跤了。

　　王婆的皱纹中藏着风尘仆仆的年岁和日子逝去带来的沧桑。时间改变了一个人的容颜，但却改变不了一个人的姿态，以前，她在小道上也会慢慢地走，因为石头不规则的棱角，她不得不小心移动步子，而现在尽管路已经平坦，却因为年老，又不得不放慢脚步，王婆的步子和过去没有多少变化，面容上单是老了些。老是一个时间问题，无论怎样都抵抗不了，老会更老，直到老到不能再老，到极限就是告别生命。

路上，永远会有人走。有些小孩子才长大，他们的世界里一切都是奇妙的，他们背着花花绿绿的书包，在水泥道上打闹。蹦蹦跳跳，乐此不疲。新修的路在与时间赛跑。有一些人，没有来得及看见这条路真正的模样，便坠入时光的缝隙，沉入泥土。

走在这条路上的时候我又想起了家乡的邻居，隔壁屋子里的李大伯，自从下雨天，在这条道路上摔倒之后，便再也没站起来。我还想起，我的同学，张小伞，小学毕业出去打工，自信满满的走出去，以为可以用自己的能力创造出一片属于自己的蓝天，却没想到，出了车祸，拖着半条残腿，再次沿着这条路走了回来。

路上的人年复一年，模样都已经发生了改变。一些面孔渐渐模糊，越来越苍老，还有一些年轻的姑娘，从别的村子走进了我们村子，走进新的婚姻生活。顺着这条路，我看到很多村里的年轻的姑娘出嫁，看到村里的小伙成亲，看到村里的小孩子从咿咿呀呀到健步如飞。

小路边，永远都能看到各种各样的果树和成块的梯田。树木在以一种方式延续自己的生命，路边的一些果树上开满了小花，还有一些我喊不出名字的果树已经挂果。田野和山坡上还有一些新种小树苗，那是勤快的村民翻弄土地栽下的希望。现在它们都是娇小的，柔弱的，不久之后就会在时间的累积中变成硕果累累的丰收。

一位我不知道名字的村民赶着一头牛看着我，问我是不是姓李，说我记得你，你是不是李家的大儿子。你父亲最近还好吧，咋不回来耍一耍，听说外面生意不好做，你父母过年应该要回来吧……村庄里一切都在变化，唯一不变的是乡音亲切的旋律。听着，给人以温暖，我想，这条路，有熟悉的村民相遇，亦是生命中的一种欣喜，因为有人惦记，便让人十分感动。

路边的花花草草，开了又谢，谢了又开。周而复始，村里的人老去了，离开了，新的生命又诞生了，成长了。只有这条偏僻的小路无论如何都是这样的形态。不管世事如何变迁，这条小路在我的心里扎下了根。路是联系外界的必需。一条路从过去而来，衍生至祖国的大江大河，山山水水。这路上的生命，承载了人世间猝不及防的转变，目睹了无数生命的结局。

一条路与一个人，不同的选择，书写了不同的未来。

# 「记忆的花絮」

斑驳的光影下，角落里的火钳泛出生锈的光，屋里的角落已经被蛛网查封，不远处的石头上盖着一层青苔，这里便是我的老屋。老屋经历了岁月的洗礼，渐渐老去，此刻，它看起来异常苍老，宛若瘫痪的老人。不远处便是夕阳，偶尔有虫鸣划破寂静的天空，把老屋的哀鸣拨动。

老屋被时空覆盖，站在门前，所有的背影笑声还有篝火在我的脑海中翻腾。

炊烟袅袅，烟火飘进天空。火苗诞出，饭菜香溢。家人围坐在一起，笑声朗朗，这是我记忆中最深刻的画面。老屋是我们曾经的港湾，在老屋里，我度过了童年，我时常在老屋的门前打望，看看家乡的草木，几块石板绵延之外的水田，便是劳作的父母，每次出门，他们都会对我交代，要小小的我在家好好守着，干完了活他们就回来，可以给我买好吃的。

童年的世界一切都是梦幻的，色彩斑斓的，可爱的。有时候爷爷也会坐在我旁边，吧嗒吧嗒抽着旱烟，一边逗我玩，袅袅青烟像极了记忆中的线，像极了温热的爱抚，青烟一直漫过小庭院，漫过这片熟悉的土地，最后漫过爷爷的笑声。

我十岁的时候，父母那晚回来，给我说，人活着，要有骨气。只要有恒心，铁杵也能磨成针。父亲和母亲商量好了要离家打工，母亲显然是不舍的，这里的一切都那么熟悉，哪能说放下就放下呢，难道就这样走了吗？母亲哽咽着说，要是万一……她担心的神态表露无遗。

唉，没办法了。咱不能让人瞧不起。

整个夜里来来回回的都是迷茫沉重的谈话，虽然那时的我还不明白这其中的情感，但从父母的表情来看，呈现的就是一种无可奈何的选择。家里已经一贫如洗，生活陷入困顿，打工似乎是唯一的出路。第二天一早，清晨的露水便看着父亲母亲的脚步走入迷雾中未知的远方。

岁月如歌，转眼我已大学毕业工作两年了。

十几年前，父母舍弃了那生他养他的村庄，奔赴未知城市打工，供我和妹妹读书，上有老，下有小，经济的压力日益增大。父母也感受到了，这样待在乡村是永远还不清债务的，还不如出去碰碰运气。现在几乎所有的青年人都选择逃离乡村，奔向城市开垦希望，青壮年源源不断的离开，村里便只剩下老弱妇孺，村里少了人气，便越来越荒凉。

现在我站定在老屋前。只要年一过，亲人们便散去，各奔东西，屋里仿佛被空出了好大一截，空荡荡的一片寂静。晚上回家，一个人，摸着冰冷的被窝，看着无言的墙壁，才恍然记起，哦，原来熟悉的他们已经走了。

一个人待在屋里，没有人陪伴的日子真是煎熬，人如果年老，没有一个亲人在身旁，那种孤苦的心境的确让人抓狂，无论做任何挣扎，都是徒劳无功的，只不过是在时间的勒索下苟延残喘，一分一秒的对抗孤独和无声的回应。

想起前年的处境，幽居在家乡的一个小小的角落。小小的角落里盛满了空寂和灰暗。窗台之外，狂妄的风席卷整个黑夜，吹乱了落花枝叶。坠入苍茫无痕的景色。此一景，使人越发的想念在外打拼的亲人。这数不清的山山水水之外，广袤的天地间，自然是有尚不为人知的水土和景致。

而今的我们，在人生的道路上快速滑行，来不及转身，岁月已经迷失……

因为时间不等人，不得不承认，在年龄的要挟下，忧虑和浮躁开始凸显，近而立之年，做一件事如果不成功再也不会用阿 Q 精神给自己安慰，找一些还年轻还有的是机会的借口抚慰自己，而是一种深深的自责，对自己更加严苛也就更加能够体会到光阴的珍贵，人生路上，没有多少选择，所以每一个目标都必须竭尽全力。

每个人的心里对于经历其实都有不同的体验，因为有所顿悟，所以注定在忧伤的沉默中重整山河，生活其实就是这个样子，时而波澜壮阔风起云涌，时而哀婉缠绵生离死别。

因此，我倍加珍惜时间老人给我的人生厚礼——记忆。我时常从梦中醒来，躺在床头，缓缓地拉开记忆的帘子，看着一些老照片，心中就会觉得充实，温暖。即便有些陈年旧事，在别人看来不可理喻，荒唐，乖谬。但在我的脑海里，它们永远都那么纯真而美好。老屋的片段，在我的记忆中会一直随着岁月燃烧，看看老屋本身，就是在追寻自己的灵魂。

# 最甜蜜的爱情 · 第二辑

愿 得 一 心 人 ， 白 首 不 相 离

## 「跟了你好久」

若你问我，大学最美好的回忆是什么？

我会毫不犹豫地告诉你，是爱情。

讲一个身边的故事。我一个朋友，大学的时候爱上了一个低他两届的师妹。

他是在偶遇之中对她产生好感的，那种感觉有点类似于一见钟情。突然有一天，他不知道从哪里得到了一个消息，有人告诉他，他喜欢的那个女孩子有男朋友啦，而且人家还是西南交大的硕士，完美学霸，拥有傲人的衣架子身材。他知道后，一脸失落，心里瞬间被猛击一掌，心里疼得发慌。

她的硕士男友，身材拉风。隔三岔五就来找她，她被硕士男友捧在手心，他走到哪里，她也会跟他到那里，似乎一切她都是心满意足的，某一天，她的硕士男友对她说，他过几天就要出国了，学校有几个名额，导师给了他，他将会去美国进修两年。他希望她能一起过去陪他。她没等他说完便拒绝了，说她的父母是绝对不同意的，她家就她一个宝贝女儿。那我们怎么办？硕士男友有些发蒙，不知道如何是好，他未料到她会拒绝，是啊，一直都顺从的她怎么会拒绝呢？

硕士男友说的话是真的，过十几天，他便真的出国了，没有缠绵悱恻的爱情呓语，也没有任何动人的告别，除了冷冰冰的一个短信"我走了，好好照顾自己"之外没有任何言语。"或许，是我太天真了吧，或者他从来都不爱我吧。"她心里这样想，那个夏季，虽是骄阳似火，她却感到格外寒冷。

她去了一家传媒公司工作，她把所有的热情都投入到这份工作中，只有忙碌起来的时候，她才觉得自己很快乐，她甚至都没有时间去想她和硕士男友的那一份恋情。

而她和硕士男友的联系就是彼此发邮件，电话很少接。后来的时候，她工作越来越忙，因为工作出色，领导交代安排她的工作也越来越多，以至她回复他邮件的时间越来越少，也许是彼此都没有太多的话题，或者是时间的距离，加上没有处于同一频率的话题，慢慢的，他的邮件越来越少，最后，停发了。

她和他是同一个学院的，有一次她回校办理毕业证，院长问她，你那个男朋友怎么样了？她顿了顿："好久都没联系了，他出国了，我现在都不知道他在那边做什么。"院长又问："那你们是多久没有联系了？"她的脑海中根本没有算过多久，似乎很近似乎很远，估计有一两年了，她推测到。硕士男友现在留给她的样子是如此的模糊，对她而言，留存在她记忆中的男友现在更像是一个符号。

院长说："你这样等下去也不是办法，你这样的爱情估计也不可能了，要不我帮你介绍一个，这个人是我的一个学生，勤快，家里是农村的，我觉得你们可以试试，现在农村的孩子心疼人又勤快的很少。"

　　她有些迟疑，她和硕士男友还没有完完全全正式分手，没有彻底分手之前再恋爱，好像于情于理都不太好，虽然她和硕士男友已经很久都没有联系了。她觉得有必要把事情说清楚，于是回家之后，她给国外的男友发了一封邮件，提出分手。硕士男友很快就回复了，简单的几个字，非常果断：好的。

　　她给院长回了电话，第二天，她就接到一个男生的电话，电话里的男生很豪爽，说："你是院长给我介绍的，见个面吧。"

　　那是她第一次和他在一起吃饭，她有些不好意思，特地喊了院长一起来，他坐在那里，感觉非常紧张，手心出汗，所有准备的话语在那一瞬间跑得无影无踪。他的手放在腿上，一直不停地抖动。

　　吃完饭后，院长特意喊他们出去走走，她和他并肩走在公园外的小道上。谁都不说一句话，除了沉默还是沉默，不在沉默中爆发便在沉默中灭亡。在拐弯处，他开口了，问她要不要喝水。她问："你渴不渴？"他心领神会的马上跑到附近的小超市买了两瓶果汁回来，他们继续沿着公园走，天气炎热，又走了十几分钟，果汁已经见底，他问她还要不要，她没有说话，淡淡地笑着，他马上理解，转眼跑出去又跑回来，递给她一罐凉茶。

　　也许是相处久了之后不再拘束，也许是果汁和凉茶带给了他足够的勇气，他变得一点都不紧张了，他说："我给你讲个笑话吧。"

　　他讲笑话真是很投入，一个人讲到激情处居然手舞足蹈起来，那一个下午，他讲的笑话其实她都没怎么听懂，主要是他的方言很浓重，她只是觉得，她如果不配合笑笑就太不近人情了。

　　事后，她给院长打了电话，说她觉得那个男孩子不是太适合她，院长问怎么了，她就把经过一五一十地讲了，院长安慰她说："慢慢来，凡事都有个过程，这样吧，你们再相处两天，两天不行，你再再分开好不好？"

这句话她无法拒绝。

她当了主管之后，事情非常多。这天，她接到了他的电话，问她几点下班，她说不一定，也许是半夜。的确，自从当了主管之后，很多加班的事情都压在她身上。"这么忙啊"他说："那我给你送饭吧，这样你也轻松点。"她以为这只是一句玩笑话，但他真的来了，骑着破旧的自行车，每天准时出现在她单位门口，把吃的喝的放在她面前等着。直到看到她吃完了，喝完了，收拾碗筷，挂在自行车上赶回去，每次她的同事看到他来，都会笑笑，说痴情的人喜欢起来是如此的疯狂，她们是预料到他不会坚持很久的。

但他坚持下来，他就这样风里来雨里去，毫不间断，她有些不忍心，但又不知道该怎么和他说，有闺蜜给她出了主意。她有位同事身高一米八多，英俊潇洒看着很养眼。身材好俊朗的他带着她出现在他的面前，她告诉他，这是她的一个朋友，这样的介绍不言而喻，他似乎明白了，骑车头也不回地走了。

此后几天他都没有来，第五天，院长给她打了电话，她和院长来到他租住的地方，他几天没吃没喝，屋里一片杂乱，满地都是酒瓶子和香烟，人躺在床上，神情十分萎靡。见到她来，他竟然号啕大哭起来，一个男人在她面前哭的地动山摇，但她似乎不为所动，"希望我们都能给彼此一点空间，我们要不先不要联系了。""不行。"他很固执"不要离开我，好不好？"

　　"那这两天我要出去洽谈一个项目，要去很远的地方，等我回来的时候，给你打电话，你来接我。"

　　那天，他如约去接她了，他把自己打扮得干干净净，捧着一大束鲜花，最让她哭笑不得的是，他特地为她喷的香水，居然是驱蚊用的花露水。

　　他接过她手上的行李，带她去吃饭，看电影。那天晚上看电影的人很少，电影的名字很特别，叫《分手合约》。看着这搞笑的电影，他有一种强烈的冲动想去抱她，可是他又担心她不愿意，他就这样犹豫纠结，纠结犹豫着。

　　电影里面的人物一喜一悲，把她看得眼泪汪汪的。回去之后，他坚持要送她，给她煲汤，不得不说，他的手艺较以前有了很大长进。煲的汤浓香，味道爽口。她渐渐喜欢上他的手艺，同事聚餐的时候，他主动提议，自己在家做菜招待朋友，做的菜色香味俱全，同事吃得高兴，大呼过瘾，这让她有了小小的感动。

　　事后，她们问他，怎么这么会做菜，他也毫不隐瞒，为了她，自己去参加了一个厨师培训班，每天除了工作之外就是琢磨着做菜，他要让她吃到最美味最可口的菜，她天天加班，身体肯定受不了，营养一定要跟上。

　　那一刻，她突然觉得这个男人无比温暖，一瞬间她的心被蜜填满了。

　　2015 年，她嫁给了他，当时给他们做婚礼伴郎的，就是我的一个朋友。

　　过了几个月，她辞职了，她想创业，干属于自己的一份事业。

　　他全力支持她，她做什么他都会赞成，只要不是太出格的事情。

万事开头难，就在她创业小试牛刀的时候，她以前的那个硕士男友回国了，通过朋友费尽周折地找到了她，当他出现在她面前的时候，他想牵她的手，被她拒绝了，并且告诉他，她已经结婚了。

硕士男友似乎心有不甘，说自己在国外的确时间太忙，加上自己的事情的确太多，所以冷落了她，问她可不可以复合？

她没有拒绝也没有答应，只是说工作忙，我先走了。

回家之后，硕士男友 QQ 找她，发了一个红包给她，她没有点开红包，也没有回消息。

她已经 27 岁了，每天，她回家都会有一桌丰盛的饭菜等着她。小日子平平静静的过着，有一天，他问她，是不是以前那个硕士男友回来了？她有些惊愕。他是在家门口看到他的身影的，他对她说，都过去了，我们朝前看，好好过日子吧。

她没有说话，但她的确从行动上做到了，信守承诺。

那个硕士男友等了两周，估计是觉得没有希望，再也不来找她了。现在我听我朋友说，他们已经有了小孩子，小孩子很可爱，如今，小两口的事业也干得有声有色。有一天晚上，她问他，为什么那么淡定，前男友回来的时候都不吃醋？他说："能不吃醋？我天天跟在你身后，跟了你好久……"

# 「约会古典爱情」

阳光洒下来的时刻披在身上，感觉很温暖。

一个人在老街漫步，慵懒陈旧的气息在空气中缓缓流动，行至拐角处，不知道是哪户人家的收音机传来一首经典的老歌，耳熟能详，邓丽君的《小城故事》：小城故事多，充满喜和乐，若是你到小城来，千万别错过……

空灵富有质感的音调，像春风一般飘进我的耳朵，我的身体被这恰到好处的乐曲浸透了，感觉全身麻酥酥的。不知怎的，我想起了红楼梦里的乖巧女子——黛玉。我想，如果宝玉也乖巧顺从，多半就不会有黛玉葬花的情节吧。林黛玉在路过潇湘馆的时候，听到戏子们正在里面排练经典曲目《牡丹亭》，圆润软糯，清悠绵长的腔调让她停住脚步，只听到：良辰美景奈何天，赏心乐事谁家院。朝飞暮卷，云霞翠轩，雨丝风片，烟波画船，锦屏人忒看的这韶光贱。这段戏文，掀起她内心的波浪阵阵。富有质感的唱词让她如痴如醉，不能自已，仿佛经历过一段悲伤的洗礼，控制不住眼泪的滑落，此情此景，实在是和她内心的感受不约而同的契合。她内心所面对爱情的惶恐和焦急，都被这段词一丝一缕的无情释放出来。

千古流传的经典爱情故事，大抵都是悲剧，都有一样的环境铺垫，情节都饱含张力，极易吹动人心。无论是我们所学的《杜十娘怒沉百宝箱》，还是崔莺莺和张生的爱情故事，它们都彰显了共性，在最美好的年纪，最绚烂的青春，遇到了一个心动的人。

相约的地方也颇有意境。都在一座充满神秘温柔的花园中开启故事的发展，这些相约之地，正是月上柳梢头，人约黄昏后最佳场所。是一处繁花似锦，山清水秀，暗香疏影的地方。从张生和崔莺莺相见的缘分之地普救寺，到林黛玉和贾宝玉的大观园，再到新白娘子传奇中的许仙和白娘子的断桥，无一例外都充满着一种让人心驰神往的美好，中国文化古典中的爱情，就是浪漫之地的范本。

鸳鸯戏水成双对，斜月半窗佳人会。青山披绿意，山间清流绕，古人对于花花草草是极为敏感多情的。女性与花相关的词语也数量众多，比如我们熟知的：俊眉修眼，顾盼神飞，文采精华，见之忘俗这些词之外。还有：娴静似娇花照水，行动如弱柳扶风。秀靥艳比花娇，玉颜艳比春红。手如柔荑，肤如凝脂，领如蝤蛴，齿如瓠犀，螓首蛾眉，巧笑倩兮，美目盼兮。沉鱼落雁鸟惊喧，羞花闭月花愁颤。花和女子是相通的，女人如花花似梦。看着这些绽放的花，女子感同身受，觉得自己的容颜和花一样，虽是惊艳美丽，可到底不是长盛之物，不久之后就会枯萎凋谢。由此引起的感怀也就可以窥见其心志，因此花团锦簇的地方，给人的感觉也最喜悦，百花竞放，芬香扑鼻的流连宛转之地是一个引起女人浪漫、细腻情思绽放的佳处。

约会的地方是少不了月光的，月光应该是皎洁的，带有一点柔和的清冷，微冷能够煽动恋人内心的那种独特的心绪，黄昏之后，夜晚之前，是一个暧昧的情感喷薄的最佳时间。白天很多时候不能做的举动，在晚上却少了很多顾虑，也许是心上人相见，配合着月光娇羞的暧昧，理性在浪漫的气氛里就会方寸大乱，一切都似乎无法抵抗。

女性很多时候很容易被爱情的力量征服，那种以勇猛著称的力量贯穿一切。充满张力，富有磁性，显示出豪迈的英雄气概。

相思相见知何日？此时此夜难为情。晓看天色暮看云，行也思君，坐也思君。入我相思门，知我相思苦，长相思兮长相忆，短相思兮无穷极。古代女子讲究大门不出，二门不迈，到达一个浪漫之地是需要付出最大勇气和毅力的。约定碰面的地方她们未曾去过，这一次出去就相当于是人生的第一次冒险。姑娘们很少有时间出去，除了特定的节日之外，很多时候她们只能待在深闺里独自等待，正因为见面困难，所以她们才倍加珍惜这来之不易的约会机会。岁月积淀的寂寞和幻想终于在才子出现的那一刻得到了极大的满足，她们也就愿意释放自己到锁已久的心扉，见几次面她们就花光了所有的精力，她们的心全然在一个男人身上了，离别已久的相思让她们在封闭的空间里，茶饭不思，难以自拔。

古代的男子在浪漫之地所占据的地位不一样，因为是男子，自然没有女子那么多的禁忌和顾虑，浪漫之地的美丽和安静安慰了男子浮躁的世俗的心，在这样宁静的夜里，他的行为也渐渐变得稳重和淡定，这个地方于男人而言，不过是一个可以休息的中转站，本来景致很美，娇羞的女子姿态也优美，楚楚动人，站立在那里，默不作声，更添无限美感。矜持的女子本身是优雅动人的，男子本是刚强之身，在这样的美的侵袭之下，心底里最柔软的部分也开始摇摆起来。这种感觉让他显出独有的气概和勇气。正是因为古代男子以事业为重，走南闯北的胸襟和气魄，和建功立业的阳刚勇猛。让女人面前的男人被神化成了偶像。

爱情在男女心中的地位不一样，古代的男子，爱情只是生活中的一个方面，他们的事业是战场，官场，天南地北的闯荡。如果这个男子信守承诺，则可以成为佳人的典范，幸福美满。如果这个男子只是把爱情当成了一个释放的手段和工具，那么这段感情就会给女子的身心带来巨大的影响。很有可能就像一首词中所描绘的那样："伤高怀远几时穷。无物似情浓。离愁正引千丝乱，更东陌、飞絮濛濛。嘶骑渐遥，征尘不断，何处认郎踪……"

这样看来，浪漫之地的爱情并非全都浪漫，很多时候爱情只是一个希望，像古代我们熟知的爱情往往都是以悲剧收场的。浪漫之地的爱情因为时空的错位，因为空间的闭塞，而显得弥足珍贵，能成功便是永恒，不能成功便会遗憾终生。最美的年华等待了多年只为在对的人面前释放，又想起了那首经典的歌，只因为在人群中多看了你一眼，便再也不能忘记你的容颜。

民间的女子如不是出生在繁华富贵之家，一般而言都有一个较为美好的爱情。因为自由总是让心是安妥的。灵魂自由了，爱情也就少了那么多的瞻前顾后之忧。现在这个时代，都流行快节奏的生活，很少有人能够沉下心来，好好地守候爱情。现在约会的地方都带有流行的元素，茶楼还好，但更多的是咖啡馆，会所，餐厅，酒店。爱情很多时候已经被物质化和世俗化了。我觉得一种情感的释放，的确是需要沾一点山水的气息，花朵的芳香才会有一种浪漫的持久。看着现代人面对的速食爱情，我还有点恐慌，夜深人静的时刻，我读到汤显祖的词，我竟然不由自主地怀念起古典美好的爱情了。

# 「离 歌」

爱情于我而言不过是一场奢侈的遇见。现实的爱情经不起生活的打磨和折腾。算算我们相识一些日子以来共处的时光。即使你我天各一方，但我的心却在夜里为你缱绻。我知道这是一场迟早的离别，只是没想到时光之手来得这么猛烈。其实我多想拥抱你，可惜时光之里山南海北，可惜你我中间人来人往。

彼时我在电脑面前为你写一些卑微的文字。我知道从月亮到月亮，从太阳到太阳，所有的春光都可以从这头到那头，可是距离始终是距离。距离一远，见面的次数就少得可怜，青春的爱情就会在遥远的异地渐行渐远，也许是我们沟通得不够耐心，才会快速的决裂彼此的心不在焉。

你婉约精致，笑容像红透了的夕阳，甜美的轮廓绵延清淡。恍然记得你耸起肩膀羞涩微笑的模样。迎新晚会上，富有张力的语言使你在台上光芒万丈，悦耳的歌声冲击着我那颗孤独的心，我承认我就是那个时候被你俘虏。

一颗想念的心，串起秋天和冬天，一双打望春天的眼睛。从这头追寻到那头。

天下才女无量数，锦心者少，你就是"石蕴玉而山辉，水含珠而川媚"的锦心人。

你的锦，是那种矿铅中的金银。你的散文字迹娟秀，倾出的哲理明快深刻。你有灵魂的浪漫自由，亦有冷处的沸腾热血。你的散文处处散发着思想的光芒。

你是尘世中一朵盛开的紫罗兰。

精美婉约，曲阑深处，黯然销魂者，唯别而已。你就是"落花无言，人淡如菊"的素心女。你的才华让我倍感倾心，你的微笑一次次与我相逢。你就是山花浪漫的春天，是我梦中的盛世桃源。

你愿"折一段月光作芦笛，吹给心情暗哑的人听"，在苦海里泅泳逃生的你，总不忘灯塔的光亮，也总是把最好的东西留给想念的人。你的琴弦声声动人，姿如穿梭。每一次见面，你从不吝惜把你内心丰溢的生息倾注于我。你不断给我力量，劝我一定要有自己的梦想，让我不致变成一个盲从的书匠。这些话语我都小心珍藏，捧在手里，放在心上。

看得见开始，猜不到结局，你在某日不辞而别，从这个世界消失了。仿佛猛烈的风，在我的面前吹过，留下了慌乱的我……

当所有的一切都随风而去，陷入绝望的境地之时，我竟然不知道该以何种心态去怀想这些曾经。是该感慨人心不古，还是应嘲笑自己太过天真？抑或是自己做错了事情？

我并非才华横溢的儒雅男子，只是单纯地相信温暖，喜欢美好精致的东西，我一直都认为我是一个喜欢故弄玄虚的人罢了，未曾料到被多人谬赞，以至我把自己放得那么高那么远。其实，我就是一个平凡的人，只是更多的时候爱与人指点江山，喜欢看些意气风发的古诗词罢了。

　　我没想到你会悄悄离开，没有一点预兆。我不愿让旁人看到我的不堪，我是傲骨的人，容不得有丝毫脆弱让人窥了去。这个世界这么大、山远水阔人世阜稔，却无人能护我周全。我便学会沉默，不再对着他人显山露水。

　　只愿遗忘那些颠倒乾坤的细节、像不情愿去相信你会爱我一生，信守诺言。曾经我想用此生的记忆拼命将你保管，而不是如此这般放逐、远离、伤心、绝望。现在，回过头来，我依然倾心于那一段时光，与你相遇。虽然无疾而终，可在青春的岁月，它们曾经开得多么惊艳！

# 「摹画写诗只为你」

这是一个淡淡的早晨，在东区的小亭旁，我素手将你的灵魂再次触摸，一瓣一瓣地将自己打开。其实我很害怕，多年之后，当我们随着时间的追逐慢慢安静下来，是不是连着我们的记忆也会挥发？

浅浅的动人的笑，轻轻随风漫步的刘海，关于你的故事在我的心里一直蔓延，说不清，理还乱，渐渐听到你的消息。听到你的喜怒哀乐，听见你生命的传奇，优秀的让人遥不可及。可是，我欣赏你这样的优秀，因为优秀，所以才趋于完美。

只为寻求一份爱情，不管前世抑或今生。我都甘愿做水中的一棵小草，招摇在盈盈的碧波之中，岸边水鸟和鸣，似乎在清风中细吟一种永恒不变的约定。你窈窕的身姿，注定在今夜，化成一轮明月，在我的窗前，熠熠生光。无法逃脱的一种爱恋，如果能牵你的手，我甘愿成为你时间中的风景。可是，我却迟疑起来，竟找不到合适的理由来说服我自己，任凭一叶相思在梦里摇曳。即使琴瑟缠绵，钟鼓悱恻，也未能靠近你的千般柔情。

追寻你，注定一路缥缈。

# 「陌上尘」

　　浅薄的文字太久不写就变得矫情，思绪却在此刻穿透黑夜，直抵内心。素手相依相忘于世。时间的裂缝中，掩卷沉思。虽然算不上是波澜壮阔风起云涌，却也是经历了人世间的不少风风雨雨，生活给予我无数生命的体验和感悟：俗世凡尘的牵念羁绊，世事繁杂的人情冷暖，生存的压力与生活的琐碎如洪水猛兽曾经一度让我丧失了信仰，陷入低潮。每当心烦意乱的时候，就会强迫自己不停地看书，以期从中找到治疗烦恼的良药，汲取一丝精神的力量，洗涤身心。

## 关于相思爱情

　　原本想系你的心，奔一段温暖的时光。奈何，时间这条河，处处暗礁与我对抗。我期待，风雨征程上，你能来陪我共话一场烟花盛世；理想大道旁，和你一起剪一段月光互诉衷肠。若是可以，我愿在清风敲竹、孤照悦舞的夜色里，与你轮回静守，相互倾听，相互鼓励，相互安慰。

　　你高雅清新，素颜锦时，才华横溢，聪慧过人。你能抚琴长吟，寻花提灯，拈花作文。遇到这样的才气女子，纵是我前途漫漫，坎坷不断，亦不失为如斯岁月中最幸福的馈赠。

## 关于生活陪伴

西岭雪在《西望张爱玲》中说如果张爱玲有个一男半女，在以后寡居的几年中会给她带来多大的欣慰快乐！她也不会沦落到孤单而薄凉地与时间抗争的境地。可见世俗的团圆和喜悦是很幸福的。现在我也明白，生活所给予我们的是磨炼，更是提升，是鞭策，更是进步。从前种种，譬如昨日死，以后种种，譬如今日生。古人云："一日不知非，即一日安于自是；一日无过可改，即一日无步可进。"以前的自己，和现实生活严重脱节，幸好这些时日给了我很多顿悟和领会，知道了"治人者必先自治、责人者必先自责、成人者必先自成"的道理。

时至今日，波澜壮阔都已化作一潭深水的静，安静的日子里，我读懂了自己。时至今日，经历的过往在记忆中渐渐褪色，我读懂了岁月的无常和时间的残酷，也读懂了人生的苍白无力和渺小。

但我依旧是个感性的人，虽然我想竭力挣脱，然而记忆的窗口有时太拥挤，不知名的感情总是容易瞬间决堤。也许改变不了也就只有顺其自然。很多时候很想扭转一些事实，却轻易被命运搪塞。

新的一年，让我们记住那句充满力量的话：请乘理想之马，挥鞭从此启程。路上春色正好，天上太阳正晴。加油……

# 「假如我们做七天情侣」

　　落笔惊花，听风饮茶，嘉陵江岸，追逐嬉沙。

　　在时光开启的第一天，我希望你带我到你的家乡，去看看你童年的记忆所在。踏着一片片经历风雨洗礼的青石板。你牵着我的手，走过你来时走过的路。我们一起跟着风的姿态在秧苗田里穿梭。也许还可以碰到你小时候的玩伴，然后你们亲切的交谈，把回忆的童年时光交给彼此。那时的我，翘首在一旁安静地看着，无邪的羞涩是你盛开的微笑，第一次和你感悟童年，心里很温暖，吃了蜜的甜。

　　剥开气息的第二天，我会很早地叫醒你，然后和你去我家外面的小巷边吃豆浆油条。

　　那是我读书时光一直贯穿着我每个早晨营养给予，也是日子流逝心中的永恒。

　　我会亲自给你加糖，给你讲读书的故事，给你讲小巷的过往。

　　吃完之后我会带你坐一趟直达我学校的公交车，用一对耳麦连着你我，在公交车上晃啊晃，彼此依靠，静静地听着林俊杰的歌儿直抵心窝。

　　在第三天我会带你去图书馆，给你介绍好看的书。

　　我会和你探讨纳兰的词为什么那么美，万历十五年里承载的历史故事。也许我还会告诉你我的写作从何时开始，我们会交流一些美妙的句子，分享一些彼此阅读中的感动和体会。中午，我要你亲自去食堂给我打饭，我喜欢吃的，你都知晓。这时的我会趴在书桌上迷迷糊糊地睡着，等你前来，轻轻的呢喃，将傻乎乎的我唤醒。那时候的我是世界上最幸福的女人，你会来到我身边，给我及时的温暖。

　　黄灵鸟吹响的第四天。我们要去一个远方。

　　我们穿着瓦蓝色的情侣装，带着相机，买两张火车票。

　　来一场说走就走的旅行。我会叮嘱你，带好文具，比如一些笔和画纸。

　　在绿皮火车的缓缓移动中，你为我写诗，我为你画画，然后我们一起拍一些动感搞怪的照片。

　　空荡的车厢里装满了我们的欢声笑语。

　　到达一个古朴的小镇之后，我要你买些小小的饰品给我。然后我们去购买米上微刻的爱情宣言，去寺庙拜佛祈福求签。

　　烟雨朦胧的第五天。我要和你去电影院看电影。

　　然后在夜幕降临的时候带你去逛街，帮你挑好看的衣服，带你购买精致的护肤品。

　　这一天我甘心做你的保姆，给你提东西，做你忠实的奴仆。

　　晚上的时候我会亲自下厨为你做一顿美味可口的晚餐。

　　艳阳高照的第六天，我会把我的朋友介绍给你。

　　我会叫上三三两两的好友，郑重地介绍我们之间的关系。

　　聚会，唱歌，然后拍一些疯狂狼藉的照片。

最后我们会去玩动感游戏机，我和你并肩战斗，和朋友们一起沉迷。

在最后一天的时光里。

好舍不得过这么快，我会好好地构思这一天的去处。

上半天我会陪你到健身房运动，到赛场上酣畅淋漓。我会和你一起去打羽毛球，一起骑情侣自行车。晚上的时候我就会写一封又一封关于你的信。把所有的相思都填进去，把所有的幻想、美好、过往时光都记录下来。最后分别之前，我会把我们曾经的照片整理好，配上小小的纤瘦好看的文字，慎重地交给你。

走的时候我的心很痛很痛，眼泪会不自觉地溃堤，我会想到没有我在你身边的时候，你会不会把自己照顾好。我是一个感性的人，我走的时候，你会和我拥抱这天荒地老。你应当不会被我表面牵强的话"你走吧我没事，我挺好"所"欺骗"。我期待你捏着我的脸，对我说：小傻瓜，你知不知道，我有多爱你。

最后我就要走了。

我们一起唱阿杜的《离别》吧，唱完之后喊一二三，彼此迈步，朝相反的方向走。

三步一转身，十步一回头。

# 「青丝皓首之恋，不过转瞬之悲」

你嫣然轻笑，浅黛凝愁，湮没于那悲凉无奈的秋风之后。

身影像极了一片漂浮的落叶。

一条红丝彩带静静贴着你的皮肤随风起舞，这一切无法描绘，所有的语言都如此苍白无力。

我看你，泪水开始跑出，它们都是你抛弃的孩子，都是你一点点温柔呵护长大的。

你是素年里开的一朵花。

目光邈远。你的脚步迟疑了一下，终是决绝的转过了头。没有回头，没有顾盼，

没有缠绵，心头相叠距离好远好远。你的笑曾经敲打着我的思念，染过多少红颜，开启过多少文字羞涩的面容。

人生几何花烂漫，我以为年轻是时刻列车一个永恒的站台，我以为你就是那一方我可以停靠的故土。

然而我错了，尽管我和你相识到相知，赫本繁华，本不足为奇，只因你轻叹：文字如花散漫，面容至月如霜。

　　我竟被你吸引。

　　如梦，如梦，残月落花烟重，你轮回在我的人生里，就像是一阵温暖的细风，花开如梦，风过无痕，我们站在沱江边，烟波浩渺，秋换已暮。红稀香少，年华五色，说不清，无穷好。

　　后来，才懂得，生命如旅，你我皆不过匆匆过客。行路，相逢，转身，前行，无论是就此永别，还是交错出一段美丽的风景，都是命运之神的注定。一种销魂蚀骨之痛，一种悠长的情愫藏在心底，混杂着欣喜与惆怅。

　　金英绿蚁，长夜未央，我看着你的照片，记起黄昏时的凄惶，明月如霜，几重阳。

# 「三生三世与君时」

我和你，相遇在时光的旋涡里。

在尘世的烟火中，历经世界种种起承转合，追随月光跋涉山野荒漠。

我在找寻一个栖息之地，清溪呢喃，山鸟相鸣。万物阳光和煦，天地广阔高远，然后在天空的注视下，我和你共沐阳光。

时常在想，你是不是我路上必经的风景。就像一株木棉可以望穿秋水，将眼神打磨抛光，就可以避开沧桑，避开俗世的烦恼。就可以不用顾及"窗含西岭千秋雪，门泊东吴万里船"的长途距离，只需要一声问候，便可以将这种情思，无限拉长，与你一起雕刻时光。

我已为你苦心积虑，寻寻觅觅。凡尘俗世，踏万卷书海，赶云山雾雨。跋涉千里，只为在年华最美的时刻，为你呈现一座文字城堡。现在，它们已经拔地而起。等你入住，畅享荣光。

如果今生不能在烟火之中记住你的脸，不能在漆黑的暗夜中守望你的心，那么时光的雪花就会埋没我的铮铮铁骨，埋没我的诗情画意。如果不能与你重湖叠巘清嘉，三秋桂子，十里荷花，那么我就会落入风光霁月的门外，就会成为那盏被风要挟的烛火，就会像屈原一样，散发而行，涉水汨罗，掐断生命。

长风清阔，涧水澄明，一花一世界，一佛一如来，一夕风雨一明月，一夕秋色一锦瑟。等你点破云影，快刀取我，修修我的心，辉映我的神。不要让青葱的容颜在夕阳中燃烧，更不要让黑色的发髻在苍凉丛生中变老。

我等你，在那条幽深的小径里，我等你，在绿萼白瓣红蕊的花香中，我等你，在月光抚摸的树梢下。等你抬首，赐我以锦绣，带我以灵性，度我以成佛。

若有前生，我定是与你错肩的那个剑客，停住脚步，惊艳你的曼妙舞姿。

若有来世，我必将你点作额前红痣，在每一个露寒月冷的清晨，以丹青泼墨呼唤你的名字。

亲爱的，我等你。

# 最匆忙的时间 · 第三辑

昨 日 看 花 花 灼 灼 ， 今 朝 看 花 花 欲 落

# 「遇见」

想你时，你在天边，想你时，你在眼前。

遇见你的时候，正是大千的荷花淡雅灿烂。那时候我躲在一片片叶子后面，写诗描画。

我其实只看见过你一瞬间，只需一眼，惊鸿一瞥，你体态婀娜的身姿注定弥漫我的归程。

眼睛被定格在那个特定的时空。

寻寻觅觅，红尘的岁月匆匆而过。

你不知道我的人生布满坎坷。我走过的路上饱经忧患，遍体鳞伤。

你和我是陌生人，但却是前世的缘分。也许，你连我的呼吸都未曾聆听过，我情愿变成一只蝴蝶，做你的护花使者。

这只不过是一次偶然，可是却深深住在我的梦里。

曾经我试图抹掉你的背影，可是无论我怎样努力，我都无法忘记。

无法带走你在我心中的烙印。

可爱的女孩子。好美……

（一）

你知道我吗？连同我的思念。

今夜，我在宿舍，放眼整个城市，守着我们相遇一眼的芳华。

这寂静火热的灯火，阑珊的夜色。

或许此时此刻，你早已安然入眠，忘记所有的一切，你有你的梦，但是你肯定不知道有一个人在梦里为你缱绻。

他一遍又一遍地念叨着你，枕着你的背影入睡……辗转反侧，翻来覆去，难眠……

（二）

是你的笑容在慢慢地吸引我，

还是你的身姿将我木讷的眼神敲碎？

我曾经看过百花齐放的美，看过圆满忧伤的美，看过和谐中庸的美。

我以为我看遍了世界上所有的美，世界之美不出其二。

但是我未曾料到，在某一个时刻我竟然误闯进了你的陷阱。

我承认掉进一个陷阱，但是我宁愿待在你的陷阱甘愿被你俘虏。

你的背影，身姿一直穿越在我的眼神中，使得这一切花花草草黯然失色。

## （三）

你的背影总是打乱我的时间。

为你，多少次呢喃自语，多少次烂醉如泥。

双手合十，祈祷上天，求佛把我变成一棵树，长在你待的地方，一世为你遮阴，一世为你悠扬。

我不求现实或者奢望未来，我只求和你做朋友，治疗思念唤起的伤。

## （四）

你能否偷偷地告诉我。

你的美，你的身姿，你的笑容。

都是为我一个人打开。


晴天也好，雨天也罢。

相遇在甜城的怀中，在秋天的脚步中。

你说你陶醉于沱江的灵动，醉心于亭池楼阁的幽远迷离。

我眼中的你是一首舞曲，你是撑着我梦的女子。


第一次相见，就让我们，岁月迁延，季节变迁。

你的笑，静静的敲打我的思恋，你是我不灭的火焰。

有你，连我的影子都很阳光。

（五）

冥冥之中自有定数，我追逐，我寻找。我等待，我渴望。

甚至再一次来到那个梦开始的地方。

才发觉所有的开始都不可能再会，你注定成为背影，成为我一个遥不可及的梦。

夜夜与你在梦中畅谈。

夜夜醒来在时间中发呆。

追逐你，注定一路缥缈。

梦终究是梦，现实也好，幻想也罢。

看着你，慢慢远去，心纠成一个结。

放弃吧，放弃吧。

挥一挥手，带走我的思念。

挥一挥手，祝你一路平安。

# 「秋天不回来」

秋天是一个伤感的季节，古诗文中便能深切地体会到这种浓烈的情感交织，柳永在《雨霖铃》里面写道，多情自古伤离别，更那堪冷落清秋节。曹丕《燕歌行》中也有：秋风萧瑟天气凉，草木摇落露为霜，群燕辞归雁南翔的诗句，秋天让人感怀，万物萧瑟飘摇，落叶飘零，秋天，的确是一个让人动容的季节。

入秋之后，早晚之间寒气袭来，放眼四周，草木零落，大片大片的绿叶也开始渐渐枯黄、干裂、变脆，然后从树干上坠落下来，行走期间，和三三两两的朋友漫步聊天，冷不防会有几片树叶从你的眼前飘落，让人心生一种无端的惆怅，这种悄无声息的生命符号落在地上，凝固成的姿态让人心生感伤。

抬头打望，风声四起，无数的叶片开始从枝头离开，晃晃悠悠，在我们的身体前后飘荡，有的叶片较大，落下来的姿态很是从容，有的叶片很小，落下来不停地旋转，似乎在做一种释放，不知怎的，这些细小的叶片总能让我想起，人生在世，身不由己之感。

风是叶子最后的见证者，树叶从枝头上落下来之前，叶子其实是有想法的，它有一点幻想，有一点希望，它原本想的是趁着风可以看看遥远的前方，虽然这前方也不远，如果没有风，它们落的会很平常，没有人会注意它们的坠落。叶子耗尽了能量的时候，便会接二连三的离开枝头，叶子没有风的时候，落下来静静的，凋落的叶子像极了饱经风霜奄奄一息的老人，不知不觉和这个世界悄然告别。

微风轻摇，叶子掉落的轨迹缓缓划出一道优美的弧线。天气晴朗无风的时候，叶子的姿态是坦然的，如果遇到风雨交加的时刻，叶子就不免焦急窘迫起来。狂风已经让这些年老衰弱的叶子不堪一击，哪里还抵挡得住这猛烈的架势。风一旦席卷而来，就似乎发了疯一般，不一会儿，地上便是密密麻麻的叶子，铺了厚厚的一层。

在城市的角落里，你还不能感受到这种强烈的气息，但如果你在野外，田地周围走走，你就会发现干枯卷曲的落叶已经被时间风干，汁液在日复一日的等待中蒸发。叶子在脚的踩踏下，发出沙沙的响声。这些叶子躺在大地的皮肤上大多数时候是静静的，只有风来的时候，才会在起哄的氛围中不断飞舞、翻滚。

看到这些破碎的叶子，就会想起一些诗句，杜甫的两句诗"无边落木萧萧下，不尽长江滚滚来"讲的就是落叶飘零。无边无际，纷纷扬扬，萧萧而下。由此联想到人生的遭遇，读来十分感慨。

叶子的飘落从某种程度上说是一种岁月苍老的伤悲，这种触动给我的感觉不仅仅是暮年的感怀，还会让人想到生命的有限和短暂。

落叶是悲秋的符号，也是肃杀意象的代表，在古诗文当中，大部分说到落叶都是悲伤且凄凉的，你能从清代李雯《鹊踏枝落叶》中读到：惨碧愁黄无力气，做尽秋声，砌满阑干侧。疑是纱窗风雨人，斜阳又送栖鸦急。能从清代诗人屈大均的《梦江南》中读到：悲落叶，落叶落当春。岁岁叶飞还有叶，年年人去更无人，红带泪痕新。更能从北朝诗人萧综读到悲落叶，联翩下重叠，重叠落且飞，从横去不归的诗句。落叶代表了凄清悲苦，落叶代表了无尽的惆怅和感伤，落叶预示着生命的消亡。

落叶归根，有时候也不见得完全是坏事，它是一种自然规律。旧的叶子会老去，新的叶子又会在季节的怀中诞生，老去的叶子，又是养花的上好肥料，真应了那句诗：落红不是无情物，化作春泥更护花。

人的出生就是一片稚嫩的绿芽，随着时光一天天地长大，从他呱呱坠地起，就开始了人生的旅行，在旅途中，朋友、亲人、父母、兄弟姐妹簇拥在一起，演绎着生命的饱满和温暖，人间的真爱与朴实，点点滴滴，弥足珍贵。

当有一天，他们成熟了，大的叶片便开始变黄，变老，柔弱不堪，就会在某一个时刻，悄悄地告别他们的子女，魂归大地。人何尝不是如此？当我们变老的时候，我们也会和祖辈一样，依依不舍地离开尘世。

印度诗人泰戈尔说，生命的姿态应该是生如夏花之绚烂，死如秋叶般静美。按照泰戈尔的说法，人生的逝去也是另一种新生。

想起去年，我去黄山游玩，那时候正是秋天，在重岩叠嶂的高山之中，我站在山间眺望，林间小路上的人三三两两，山中的树木都已经枯黄，飘落的叶子盖满了厚厚的一层，有的叶子是黄色的，有的叶子是深灰色的，交织辉映出迷人的色彩，琥珀色的景致带着淡淡的朦胧，点点细碎的阳光穿越树叶的间隙在明净的路上若隐若现，五彩缤纷的美景点缀着群山。置身其间，宁静美好的世界，所有的一切都美得让人眩晕，哪里有一点悲凉的情怀，纵是掉落，纵是死亡，也是一种优美的姿态，这种豪迈的俊秀之美，又是一种怎样的精神气概。我脱口而出，和天地合二为一，化腐朽为神奇。此景美哉！

消亡即是美的另类存在！

# 「当年黛眉弯弯」

　　毕业一年多，说不上漂泊不定，但是也饱经世间沧桑，人间冷暖。生活自然不能与学生时代的纯真散漫相比。原本期待的丰盈淡雅的生活统统陷入现实的折磨。毕业后，未曾料到我竟然以一种漂泊的姿态开始浪迹江湖。远离了校园花海，领悟困惑迷茫。

　　生命给予我们总是一些疼痛，也不断地让我们清醒。生命总是要有所承受有所担当才会丰盈充实。毕业一年多，感觉自己进入了另一个世界，生活已经和工作融为一体，分不清是白天还是黑夜，加班熬夜必不可少，漫长的黑夜让人失眠抓狂。

　　以前在校园读书觉得要是早点工作该多好，那样就不会再向父母要一分钱了，就可以无忧无虑无拘无束。工作以后，却不得不感叹岁月时光的浅薄。晨夕朝暮、阴晴圆缺、云卷云舒才是真实的生活。以前的自己清高、忧郁，活在自己的世界里。到如今学会在不完美与缺憾中不断地修正完善自我，这不能不归功于生活的历练。从当初的"野渡无人舟自横"到现在的"诗似冰壶见底清"，我也终于明白，无论生活有多苦有多累，其实都需要用一颗热爱和接纳的心灵坦然面对。哭泣和悲伤不能改变自己，反而还会让自己骄傲的心挫败以致一蹶不振。

回忆当年的时光，那个午后的冬季，夕阳衔山，影漫东墙，我的心还沉在那片校园，有人对我说，毕业了以后想要独自去远方，看看大好山川。旅行的漂泊带给人的新奇感无人能够抵挡。青春里的色彩在毕业那一刻似乎沉淀了不少，早已经不像年少时那样欢呼雀跃了，看见动人的景色，也只是轻轻地拿起相机，拍下一幕。

似乎是放下很多陈年旧事，毕业后，再也不会去考虑有没有人联系你，你就只想好好工作，一个人静静的，顺着一条小溪而下，忙着挣钱，忙着奔波，改善生活，顾不得路途之中被雨水沾湿的衣襟。风，一直在空中呢喃，不管你的态度，总是试图分散你的注意力，忙完工作，拖着疲惫的身子回到才租不久的小居室，你终于歇了一口气。华灯初上，夜渐渐深了。周围的一切都安静下来，窗外的灯光若隐若现，幽静的仿佛一个静止的世界，你独自坐在桌子面前，只有这无言的台灯陪着你，向你娓娓道来生活的艰辛，你想，这就是命运吧，这就是安排吧。明天还要早起呢，工作还有一摊子事情等待你处理呢，那么，睡吧。

岁月的时光过得静悄悄的，不知不觉花开又花落了。你知道，总有一天我们会找到时间的缺口，过的自在、舒坦，你想，暂时的流离奔波估计就是镌刻在身上的印迹吧，过一阵子就会安定了呢。你的朋友应该和你一样，有的在夜色将阑时熄灭了琉璃灯盏，还有的在昏暗的灯光中硬撑着双眼赶文案。

生活永远不会那么轻松，所以渐渐地，你不再抬头看天，只看着脚下的土地，你也不再贪恋人世的云淡风轻。毕竟有一些地方无论如何奋斗，都是你到不了的远方，还有一些人始终是你无法企及的天涯，你终于顿悟，生活中，有一些心境始终是你不能拥有的闲情舒适，有一些情感，你终究只能与之相遇，然后错过，因为那不属于你。有些岁月，到底是南柯一梦，诉不尽那绿蓝黄红。但你始终坚信，人生这个亘古的旅途中总会有一些来历不明的狂风暴雨横在前方，但总有一日的太阳，将为你做证，奋斗的青春永远不会输给任何人。

# 「岁月的痕迹」

等风起。

风的脚步走过熟悉的大地，含情的月亮一如既往挂在云层的怀里，有时候它会披上一层清澈的光辉，有时候它会害羞地躲进黑夜的身后，悄悄地和夜晚干杯，喝个酩酊大醉。发呆的时刻，时不时有草木呢喃的声响，滑过岁月的云梯。

我羡慕那些沉睡的石头，它们见过岁月的模样，岁月是一阵一阵搏击生活的浪花。从遥远的时空穿越而来，盖过啼哭，盖过童年的玩伴，盖过你的我的纯真的笑靥。直到你我的面前，兵临城下。从现在的模样追溯过去，天空依然澄明，遥远的天空依然遥远，葱绿的生命依然葱绿，只是万里静默的山山水水更加静默，荒草追赶着一路奔波的脚步更加决绝，时间已经被大大小小的介质撺断。

能被岁月铭记的是人们所说的童年。童年的嬉戏藏在岁月的眼睛里，那些眼睛就是那些可爱的星辰，那些星辰是故事的完美化身。小小的摇椅，团聚在桌旁的爽朗笑声，看着星星的眼睛，数不清多少年轮，童年的记忆隔着你的我的小小的心，山海不可平。

这世间的感觉都无法追赶天真，洒脱，率性而为。而是在时间的训斥下安静沉稳生存。也许有不甘心被时间奴隶的人，大吼一声，跑出去和时间对峙，头破血流，痴心不改。被岁月折叠进小小的匣子里永远看不到正确的未来，正确是多么抽象，抽象也又是岁月存在的模样，岁月又是多么精准，精准却是一切变化的永恒。

灶台也瘫痪了，灶台在屋内的角落里，在岁月的注视下，早已改头换面，早已经脱下炊烟袅袅的古朴模样，换上了病快快的陈旧衣裳，深灰色的衣裳紧紧地裹着灶台，骨瘦如柴，哀婉不语，蜘蛛在这里安了家。数不清的织网从这头跑到那头，连墙壁的呼吸都不放过。

早起的时候鸡鸣声没有按时到达，它们不是这里久居的亲人，不是所有岁月的化身，岁月一样可以像带走它们一样带走我们。偶尔会有遥远的喊声袭来。声音真实被兑换成另类的存在，没有人知道它来自哪个人，也许是被岁月逼疯的乡亲。

岁月一次次地按倒黑夜，一次次地推开黎明，一次次地把所有的美好偷换成数不清的悲欢离合，数不清的大江东去，数不清的人来人往，数不清的岁月蹉跎。岁月藏在石头的棱角里。卷成一圈圈不规则的伤痕，有的伤痕里住的人一直走不出岁月的城堡，有的人穿错了故事的脉络，它们的故事从出生的那一天起就被时光绑架。有的人岁月很长，有的人岁月很短，也许是岁月见不得所有尘世的样子千篇一律，所以才层层地解开生活的姿态，让每个人猜谜。

岁月的海洋里，有的人挣扎，有的人呼喊，有的人卑微，有的人高贵，岁月最擅长变脸，只需要天空点燃黎明的眼睛，一切都可以天壤之别，可以掐断呼吸，可以催生啼哭，可以让百花盛开在山坡，也可以让大地满目疮痍，有的花长在山野，不甘心被岁月埋葬，便试着和时间赛跑，奔向远方，她们早已经不在原来的位置，不知不觉间，越来越多的脚步离开沉默的熟悉的故土，特别是过年的时候，你能在不同的路段中看到她们和岁月抗争的痕迹，岁月给了她们伤痛，岁月也成全了她们，岁月给了她们希望，岁月也给了她们绝望。

站在夜色之中，我时常想念童年里的那一朵花，想念岁月中那追逐中的无限欢乐和乐趣。

我想念着像向日葵一样仰望天空，天空的星星是青春的，像风里摇动的野菊花。

花是山谷里最美的点缀，花从来都不知道所在的这个小山村之外还有那么多像她一样的花，姹紫嫣红，也没有听到过现代流行的曲调。岁月隐藏了很多东西，但隐藏不了沧桑，沧桑从街道外跟随时光的步子涌向每一户寻常百姓人家。

岁月在变，小镇还在，只要有回忆的地方，就有了寄托和向往，只需要你静静地看，细细地探，你就可以随时翻拣岁月带来的美感。

## 「生活的姿态」

从时间中脱链而来，在此刻夜晚的鼻梁上看风沉默的羽毛。

滚烫的生活在两年的沉淀之后总算尘埃落定。两年前我捧着疑问和试卷一步步地叩问生命为何物，单薄的理想，纯情的告白交给了时间。

两年多来，我试图理清这生命肌肤的纹理，试图纠正顽固的心扉。

每当不能释怀的景象从荒寂的草丛掠过，跑过你明亮的影子暗黑的音色。仿佛混沌初开，或许天地已老。

未经修整的道路一点也不规则，因为毫不含糊的晴空毕竟不能代替随波逐流。

人生这一辆永远无法逃离的车程。老的老，小的小。

到了中年之后，我才明白，有许多切肤的纠葛无从分解，也并不会消失，而是悄悄地隐藏在心里的某个角落。

那些不曾珍惜的曾经，是令人绝望的粉碎的黑色。

我想这种呼唤绝对可以洞穿时空，让我在此时想起和你们在一起的十年。这就像是穿行在大片的麦浪中，无论如何，生命中你们已然是我被呼唤和想念的一切。

　　有时候这种约定会在某个特别的日子里飘荡，这种介质终会打破常规，以另一种方式偷窥你的懦弱和伤痛。

　　穿行枯叶的血色，我听见它们的呼吸，正以一种决裂的方式打开自己。

　　是的，我们都办不到，因为那样等于围城，因为那样等于灭亡。

　　强者，固然是和现实那种平凡庸俗的生活抗衡，可也不得不承认，生活这种理想，都不会和你一起旋转，你固然可以拿出所有的方法来和它旗鼓相当，比如以诗歌和春光佐茶，比如与人世间所有的幸福结盟。

　　今天看到一本书上的句子，蛮喜欢。

　　大丈夫四海为家，横刀跃马走天下。

　　所有的理想，都应该是一种生存的姿态，而不仅仅是潇洒。

　　松竹梅花，两杯清茶，三碟小菜，四面笙歌。

　　这本书最后说道生活其实是精神的，不是物质的。这话我认为有失偏颇。

　　突然想起黄金时代女主人公陈清扬的话，人活在世上，就是为了忍受摧残，一直到死。

　　还有诗，漫道人生如雁旅，浮云，半世飘零到如今。我本住红尘，我本俗世看未真，几度彷徨归去矣，无痕，半掩黄昏半掩门。

　　觉得自己有点东想西想了。

　　提笔写下一些乱七八糟的东西，自己都被自己的言辞吓到。

　　应记浮云堪过往，烟霞寄予清风。

　　缘来缘去太匆匆，一声多保重，从此各奔东西。

　　最后看了自己前段时间写的一万多字的小说，感觉有点小资。

　　下午听音乐，阅读书籍，坚决不看电视和报刊，以及网络阅读，主要是因为现在的信息泡沫太多。胡乱编造的新闻太多，非常浪费时间，占用记忆内存，一定要屏蔽过量的信息，让自己沉浸在书香静谧的氛围之中。

　　阅读外国小说的时候，一如既往的痛苦，总是首先怀疑这小说是不是一个理科生翻译出来的东西，味同嚼蜡，冗长无力。

　　重读了张岱的《陶庵梦忆西湖梦寻》，那种中国古典的纯净和不食人间烟火的纯真让我欣喜。

　　质朴之美，那骨子里的风流和性感，才是经久不衰之美丽的源泉。

　　睡觉之前阅读了黄仁宇的《中国大历史》。这本书很不错，写历史写出了深度，生动易懂。

　　到了我这个年纪，才知道一个男人，应该细致地与一切美好事物共度时光。

　　因为时光很慵懒且琐碎，所以我愿意，与一个在你沉闷地缺乏睡眠时坐了一夜火车之后能够把你逗笑的女人，不亲不疏地共同操持一个普通的家庭，像细火慢熬一锅热气腾腾的稀粥，以它的平和冲淡，无色无味，保持永久的魅力。

# 最淳朴的乡野 · 第四辑

明 月 松 间 照 ， 清 泉 石 上 流

# 「乡野的月光」

夜晚的时刻容易让人安静，尤其是月光铺满整个阳台的时刻。那种极富美感的朦胧和典雅便在身边流动开来。我爱夜间的月，月在大山的映衬下清韵动人，尤其是在这乡间日落后静谧的村野，灯火全无，整片星空都是月亮的舞台。此时月光是天上的灯烛，赐予人世间一抹光辉的亮色。

寝室外面有一条小溪，从山间深处的石缝发育，流过宿舍前面的山沟，小溪潺潺作响，似在吟唱。声音清越不焦躁，姿态优雅不散漫，流水的独特嗓音回荡在青石相间的弯道上。溪水的气息穿过一道道水坎，卷起一朵朵浪花，两岸上的植物也因为这溪水的哺育和馈赠而繁荣茂盛，蜿蜒缠绵的藤蔓，丛丛簇簇的灌木，你挨着我，我挨着你，好不热闹。空闲的时候我会在小溪边散步，只要轻轻靠近这条小溪，一咏三叹的音符，就会从耳朵流进心里，无论有多少烦恼，待上片刻，但见小草拔节，杨柳绿衣，鸟语花香，清风拂面，阳光点点，一系列景致宜人的自然之景便能将浮躁的心沉淀寂静。

溪水的不远处有一个池塘，天气晴朗的时候，有胆大的孩子会潜入水中嬉戏打闹，和清波一同摇摆、一同拥抱，这水波撑开的笑容正是童年应有的快乐和美好，喧哗欢乐的时刻，便充满了无限的生机和活力，安静的时刻，溪流和这辉映的山色又巧妙地构成了静穆的一幅画。

于山间之中的夜色里，弥漫着琵琶柑橘混合着泥土的芳香，一个人哼着小曲，漫步田野，但见果树、蕉叶依次站在田野的怀中，静静地打望游子的归来，周围乡间无声。偶有虫鸣，蛩音唧唧，仔细听，似有蛙鸣、地虎在叫的微音。

明月高悬夜空，跟随时光的流逝而不断抬高它的额头，月光射入小楼，一些光辉不小心落在窗前，映现出独特的花影，怎一个美字了得，即使睡意袭来，也还有些不舍。怕错过了这月夜的景致，不知不觉进入梦乡，一觉醒来，雄鸡打鸣。又是日光，盖满了山头、田间和校园。新的一天又开始了。

有人说日光和月光是一对孪生兄弟，月光也可以叫晚上的太阳，乡间的夜晚无论在何时何地都是可爱动人的，也许是乡野中那质朴纯粹的气息洗涤了我的身心，我固执地认为，乡间的月夜胜过一切美好的景致，每次打望月夜的身姿，打望夜间的表情，那种迷醉的魔力便让人沉醉，月光容易让人产生情感，月光让人想起家乡。比如我们熟知的：举头望明月，低头思故乡。月光也体现真挚的友情，比如：我寄愁心与明月，随君直到夜郎西。月光更是增添美感的神奇所在，比如：明月松间照，清泉石上流。此外还有"会挽雕弓如满月，西北望，射天狼"的壮志豪情等。

月光之下的景物，让我无数次地想起小时候的场景，和家人坐在院落里一起聊天，那时年纪尚小，自然不懂得月光为何物，只是在父母的教导下，要好好听话，不要指月亮，否则要遭割耳朵，月亮便成了童年时光里谜一样的存在，年纪尚小的时候，单纯地把月光看成童话，长辈也经常对我说月亮里住着一位美丽的公主，你看那月光的心窝里的东西，正是有一座雄伟的城堡存在呢。

童年的情趣已经过去了很多年，时光把一个咿咿呀呀的孩子变成了顶天立地的男子汉，工作的繁忙掩盖了内心的向往，每当我做完手中的工作，在夜晚的时刻和月光聊天，才依稀记得从前的美好往事。这些往事，都使我不断地想起童年的许多趣事，比如搬家家，躲猫猫，跳皮筋，唱童谣。

犹记得小时候还和家人在月光下一起修剪过果枝，在深夜时刻和伙伴们在果园丛中捕捉萤火虫。在小楼上欢聚一堂，唠嗑家长。凉风明月，亲人相伴，桌子上摆放几样小吃，一般是花生和瓜子，和父母亲戚喝茶聊天。

月光随着我的年龄一天天在我的记忆中模糊起来，想起前几年在外奔波，在大城市闯荡，也曾见过月光，总觉得城市的月光有些生硬，在经济高速腾飞和工厂大规模的集聚之后，更难看到月光真实的面容了，城市的月光远没有乡野的月光柔和，也许是心境变了，一切都变了。

每当看见乡野的月光，听见狗吠，就会想起我家可爱的狗，它极其温顺，极其健壮，每当我放学归来，远远地就可以看到它迈着欢快的步子，使劲摇着尾巴，跳跃起来拥抱我。当我离开的时候，它一直跟随我的脚步不曾分开，直到我屡次将它往回赶，用各种恐吓的手段，它才无奈地停止跟随，恋恋不舍地转身回家。

每当看见乡野的月光，听见鸡鸣，我就想起我们家曾经养殖的八只鸡，它们在我们的院落前后，屋里屋外成群觅食，欢腾的打开翅膀扑腾扑腾的嬉闹。我拿着一个瓷碗，装好了谷米，撒落在它们跟前……看它们享受大餐，到点的时候用父母教我的口哨一吹，八只鸡齐刷刷地进了鸡圈。

每当我看见乡野的月光，听见老人谈话，我就想起我的爷爷奶奶，他们的身姿，他们的声音，他们熟悉的笑容。爷爷做得一手好菜，奶奶更是我的启蒙老师，他们如今都不在了，他们是时光的使者，是温暖的存在，在我青春美好、年少无知的岁月里，给予了我数不清的爱和关怀，教会了我如何处事，如何面对挫折困难。如何做一个大写的人。

乡野的月光，乡野的情，乡野的一切贯穿了我整个人生……

乡野的月光与我一生永不离分。

# 「尘世花语」

爱上乡镇的这个弹丸之地，最初的原因仅仅是这里流动着城外难遇到的新鲜空气和自然造就的山水田园景致，待上一段时间后，内心已被小镇特有的风景吸引，在这里你能清洗内心的困惑，理清繁杂的思绪，细细考究之下，你还能发现生活的一些乐趣。

小镇的街上平时人很少，只要不是在赶集的时刻都是安安静静的，仿若悠闲的老者。

早晨和黄昏的时间则满是鸟儿的身影，每当晨光初曦，夕阳西下，鸟儿欢腾的曲调就会准时响起，叽叽喳喳，一片欢乐祥和。它们大多数时候是并肩一排站在电线上，交流着飞翔过程中发现的稀奇事情。

小镇是古朴的，优美的，沧桑的，你在古镇的每个角落里都能找寻历史的印记，民国时期的戏楼会馆，年代久远的阁楼小院，以及小巷里沉睡的石板，无不透露出厚重的历史文化，时光是奇特的魔术师，它磨损了瓦片，也给小镇带来了一些改变。但有一些根本的特质却在小镇上一直繁衍，比如风俗、人文……

窄小的石板上，高低相错的房屋，连成一片。漫步安静的小巷之中，有一种时光缓慢的感觉，仿佛所有的一切都变得有条不紊而充满灵性。置身其中，恬淡安适的感觉遍布全身，古朴的景致所散发的韵味让人沉迷其中，思绪万千，每当我打量这些充满沧桑的街道，内心就会衍生出一种舒心的纯粹感，干净的小巷，青色的石板，丰富的岁月饱含张力，在我的眼前一层层打开，似乎我跑进了历史当中的青屋黛瓦。

上午上完课，料理了我的花花草草之后，时间还早，正值午后，岁月静好，便喜欢到小镇四处溜达溜达，小镇人很少，古巷之中的脚步偶有零丁，大部分时间显得寂静，遇到之人，多是周围的老人和小孩，他们在岁月之中安静相守，洗衣做饭，带孩子，或者戴着老花镜在太阳底下穿针引线。也有年轻的女子来往，但脚步匆匆，忙于生活琐碎。温馨的时刻在这一刻陡然铺开，我看到了小孩子天真可爱的表情，她们在角落的一边和婆婆玩耍打闹，捉迷藏，咯咯笑个不停，老人慈祥的脸庞开成一朵向日葵。这样的小镇，给人以灵魂的安静。

走了一阵子，脚下的路开始有些坡度，不远处有一个拐弯，屋檐遮挡在路后面，目光所及，小巷远方曲折蜿蜒，让人遐想。我沿着分岔的小石板路前进，一个个深秋里的院子在我的眼前依次出现。门上有些蛛网，还有厚厚的灰尘，有些人已经全家搬迁，剩下孤独的院子和孤独的人，小巷里面，除了安静还有一丝寒冷，也许是人烟稀少的缘故，我总觉得还有一股寒意逼来，越往里走越靠近寂寞。开始进去的时候还有两三个满头银发的老人，后面走进去直接是大门紧闭，灰尘和门外的沉积痕迹显示已经很久没有人住过。

总有一些事情在默默地消失。但这些古屋不会，你靠近它们，你就能听到它们的声音。我在一户人家门前停留了下来，门没有锁，看样子很久没有人住了，想起木心的《从前慢》的诗句：从前的锁也好看，钥匙精美有样子，你锁了，人家就懂了。

本来想走进去看看，但我又打消了这念头，任何东西都是有生命存在的，不打招呼就进去意味着侵犯，但门前的锁还是吸引了我，民国时期很多的锁都是木锁，也有铁锁，锁一个门也很简单，只需要把顶管抽出来就可以了，摸着这把生锈的锁，我的脑海中浮现出了一些故事，我猜想着，这户人家是因为什么原因离开此地的呢？此地有茂林修竹，清流相依，甘洌气息，的确是一处适宜居住的好地方。如果不是因为某些原因，应该是不会离开这个风水宝地吧。

我继续一个人在小镇的巷子里漫步，任由思绪信马由缰，穿过几间房屋之后，我发现了记忆深处的行当，是的，补锅匠。一位老者守着一副担子在街边给人补锅，年少的时候，我的家乡，补锅匠给我的印象和眼前的一样，皮肤黝黑，说起话来叽里呱啦，语速稍快，手势熟练自然，担子的两头，一边是风箱，一边是焦炭和补锅的工具。走街串巷，嗓音高亢，余音悠长，仿佛在唱，其实是讲。周围的人就会把家中的破锅顶罐送到这里来，指出需要补修的面积和大小，守着把锅修好。补锅匠则按秩序，把锅架好，一手将风箱扯得呼啦呼啦响，全身的力气都似乎集中在这上面。火炉烧得通红，生铁在高温的包裹之下，熔化，铁水顺着出口滴落在锅盆破的地方，趁着热量，补锅匠用铁锤不停地敲打压平。只需要一阵子，就能将这些破损的地方补好。整个过程一气呵成，我们看得目不转睛。没想到，时隔多年，在这个小镇，遇到了这老行当。熟悉的场景让我的心中充满了激动和感慨。往昔的事情都追随岁月的烟尘远去了，不变的只有熟悉的土地和永远的情怀，我想，小镇此地的人们，也和我一样，在这个地方生活已经融入了历史延续的血脉。

小镇离县城较远，加上地势高低不平，因此成了一个不被开发商看好的地方。这也无形当中留存了一份纯真的美好所在。小镇不大，几十米开外就是葱茏的田地和树林，这个时刻，田间劳作的人不多，三三两两。他们在土地上劳作，走近他们，便能看见他们疲惫和苍老的脸上满是安静淡定的神态。这里的田地和中国南方的大部分地方一样，种植的都是高产的农作物，地势高一点种的就是果树。现在在农村种地的人大部分都是老人，年轻力壮的劳动力都外出打工了，种田的人也很少了，要是时光倒退几十年，在这样的季节，田地里肯定是一片繁忙的景象。收割庄稼，打谷子，劳作的姿态把土地伺候得全身活络，人声鼎沸，这样的场景便是一幅生动优美的乡村图景。

而现在，小镇的田野稍显冷清。穿过荒路和低矮的丘陵。绕过浓郁翠绿的庄稼，沿途所经，一片空旷，这里剩下的除了静谧就是静谧。微风中摇曳的小草，飒飒作响的竹林，站在山岗上的果树。一些都井然有序，但我知道，一些纹理和内核已经被时间打乱。

从田野中归来，天色渐晚，店铺茶楼开始热闹起来，三三两两的人聚集在一起喝茶聊天，悠扬的古琴声从角落里钻出来，夕阳如纱，轻轻地铺在小镇的街道上，大地也镀上了一层柔和的光，循声而至，是一处陈旧的戏曲舞台，有几位老者手拉二胡，激情满怀，神情专注，吟唱切磋，熟稔的音律让人心旷神怡。

黄昏之中，一页页遥远的记忆纷至沓来，历经岁月洗礼的小镇，在星空的注视下更加璀璨夺目，更加安静动人，在小镇上停留，便是回到了自然的原始窗口，遥远的岁月，盖过历史的片段。源源不断却又不再回来的时间一天天远去，多年之后，这里的小孩子会和我们一样，回到此地追寻记忆的回声。

# 「高洞河」

说是河水，其实只能算是一条小溪，一条平凡无奇的溪水。

我最早出生在那里，那里是我的家乡，有人说，家乡有了水，便有了滋养万物的资本。

这条溪水从河儿口村一直流到转盘村，而我们村正处在河的中游。小时候赶集，婆婆经常牵着我的手跨过一座桥，每次过的时候总要提醒我说，走慢点，不要摔到河里，那时候的河感觉很宽，桥也很高，走在上面向下看，犹如万丈深渊，脚步打战。

长大之后，我再次回到这里，但见水波清澈，却看不到河流上的桥，有路过的人告诉我，这座桥年久失修，为了安全起见，所以就拆了，河流的噪音和多年前没有多大区别，还是老样子，清澈悦耳。但变化也是有的，主要在于河流的两岸已经修建了供游人休憩的小道。

这条小溪向来安静，纯真，可爱，轻柔。就像一位乡野气息的农家少女，只有身临其境，你才能感受到这种浑然天成的自然风度，再见小溪，就像熟识多年的朋友。我站在河边，悄悄地听溪水唱起的歌谣，冥冥之中感觉有一股清幽的气息在心中升腾。小溪的流向是从东北到西南，沿途之中因为要穿越一些谷地和坡地，因此天然形成了几处小的瀑布。

天气很好，温暖的阳光洒下大把大把的光辉，这些光辉映照在水面上，使小河充满了柔媚、淡雅的气息，小河在阳光的抚摸下，越加宁静，就像一位依偎在大地母亲怀里的孩子。

两只白鹭，不知道从哪个角落飞出来，划水而行，在我面前一晃而过，它们身姿矫健，轻轻地接近水面，蜻蜓点水，似乎是捕捉到了自己喜欢的小鱼，而后在空中盘旋一阵，振翅飞走了。

溪水是小动物们的家园，只有清澈的水才能吸引它们在此休憩打闹。

我站在岸边，看着水里来回摆动的水草，想掬一捧清水沐浴一下我的肌肤。我把手伸进小溪之中，水是温润的清凉，在我的手心中游走，感觉到从未有过的舒心和放松。记得小时候，十三四岁的年纪，我和表弟来此玩耍，江边有一条小船，停在岸边，没有一个人，我们俩便动了心思，偷偷地跑到船上，摆动划桨，左右摇摆地把船划到溪水中央。船来回晃动，我和表弟，吓得一惊一乍，那种饱览溪水的刺激之感至今记忆犹新，在溪水之中，随着船动，两岸"风正一帆悬"的景致在脑海中映现，江岸齐平，温和的江风中，一条孤舟在水面悠悠的行走。

古希腊哲学家亚里士多德说：大自然的每一个领域都是美妙绝伦的。自然的美是需要自己去感知的，正如一条溪水的情感，只有全身心的投入才能体悟到。作家布赖恩特说：到广阔的天地中去，聆听大自然的教诲，才能有所收获。

在小溪边驻足，我发现了船，船不再是小船，而是一艘游艇，渡口处有个老人给我讲，国家现在把此地开发成了乡村旅游度假区。小舟已经没有了，有的就是游艇。虽然心里有些失落，但我还是迟疑了一阵之后买了一张票，坐到了游艇上，穿好救生衣之后，老人喊了声坐好，便开船了。

一时间，船就剧烈抖动起来，汽油的浓烈味道席卷我的鼻孔，轰隆隆的声音在这宁静的河面上显得十分不相称。游艇的震动让我的心也跳了起来，我以为这汽油味在船开动的时候会散开，然而我错了，船是开到哪里，汽油味就飘向哪里！游艇的船速很快，就像利剑，没有多久就已经滑行了很大一截。虽然那种震动的感觉很刺激，但却欣赏不到小河的真实、婉约和娴静的美。感觉很多过程还没有来得及认真消化品味，就结束了。

坐船就像喝一杯茶，需要慢慢地赏，慢慢地品尝，才能对个中滋味有深刻的印象。

这让我怀念起小木船来，记忆当中的小木船是优雅温顺的，双桨撑开清波，随着桨在水波之中富有节奏的响起，波光粼粼的水面便划出了一道道痕迹，小河两边是成片的庄稼和良田，还有民居散落在岸边，安定祥和古朴的风景在面前依次翻开，如果能和几个朋友在柔软的河风之中自由自在的聊天，欣赏着一幅幅展开的山水画面，那必将是美好的情感所在。

# 「老房子」

随着最后一堵墙从我面前倒塌，眼前的老房子，便只存在于我的记忆中了，老房子拆迁的时候我的心里涌起阵阵说不清道不明的情绪，我不知道该以怎样的词语来表达我此刻的心情。

老房子拆迁完之后，是要建设新房的，这是政府统一修建的农村新居。新房子预示着新气息，新住的居民在部分已经建好的房子外面，挂上了从镇上购买的鞭炮，噼里啪啦，震耳欲聋的响声响彻了房子的前前后后。鞭炮放完的时候便有不知道谁家的几个小孩子冲上去捡，嬉戏玩耍，一些人则站在新房外面，看着工程队测量屋基，建房的人把所有的用工材料拉着倒在石坝上面。搅拌水泥，搭建木板，按照图纸制作安装走向。一些好看花纹的古砖被工人一层层的垒起来，一个下午的时间，便已经成型，约有半个人那么高。

修建房屋似乎是一件很快的事情，只要框架修好，自然风干几日，泥土也坚固起来，新房的居民就可以装修新家b。完工的时候，按照我们农村本地的习俗，是需要请吃搬家酒的，搬家酒摆在新房前面的空地上，左邻右舍外加施工队都坐在一起，有说有笑，谈笑风生。新房子修建的每一个步骤，他们是见证人。从这里的一寸土、一扇窗、一扇门开始，他们都知道是以怎样的进度进行修建。

新房子修成以后果然壮观了许多，无数排新房子矗立在这个历史久远的村落，它们就像一位刚到此地做客的游客，打量着眼前的一切。他们知道这就是他们以后长期生活的地方，房子的最前面是一条小河，这条小河在很多年前有很多叫不出名字的小鱼和小虾，现在河水有些浑浊，鱼虾较少，站在小河边打望，除了人影之外，便没有其他发现。

小河上有一座石桥，这座石桥横在河水的两端，村落的居民很少走了，它就像一位寂寞年长的老者，看着眼前熟悉的人走过自己的身旁。屋子的角落原本是猫打盹的地方，新建房屋之后，猫一时半会还不能马上适应，它们此刻都跑到了坝子上的草垛上面，眯着眼睛，晒着温暖的太阳。

草垛上的猫有三只，它们紧挨着身体，聚在一起，时不时地讨论最近的变化，细心的猫发现它们前面不远处一条散步的小道已经被青草遮盖，并且在小道的中途，一个挖掘机正在施工，这条小道，在短短的十几天便来了很多人，在它们的记忆中，这条小道是村落人们进出的通道，进入的人倒是很少。进来的人基本上都是本村的居民，很少有外地人涉足此地。但十几天前，施工队的造访，让这些家猫有些惊奇，不在于人数众多的原因，而在于以前它们经常打盹的卧室窗台已经被完全移除改造。随着挖掘机持续深入，一些树木、花草渐渐远去，丢掉呼吸，连根拔除。小草的每一次成长，树木的每一次开花，猫都是心知肚明的，有的猫跳了下去，走到了小道上，用鼻子闻了闻草的体香，然后走到被挖开的壕沟面前，舔了舔爪子，它回过头看了看身后的半截房子，脚步沉重地走向一边。

建好的房子第一次和风交手，风就发现了这排陌生的面孔，多年前的老朋友突然不在，风还是有些踟蹰，脚步的痕迹还有身躯都倒在新房的旁边。风最先知道这消息是鸟儿告诉它的。鸟儿喜欢每天早晨的飞翔，就像是早操，清晨它们扯开歌喉，婉转鸣叫，然后在外面捕捉食物。有一些鸟的窝在老房子上，回去之后就发现家已经垮塌。于是只好在路边的树上等待，阳光依旧是那个好看的颜色，然而房子却不是原来的房子，鸟儿在草垛上看见了猫，便知道了事情的结果。它飞走了，要把消息告诉风。房子每天都在变，多年以后，经历了时光的洗礼，新房子也开始容颜衰老，朱红色油漆在雨水风力的作用下，开始剥落。蜘蛛是不喜欢新房子的，因为它住惯了老房子，老房子里面有属于它的梦。

只有身边二十米开外的树似乎没有变，树上落下的叶子虽然有时候黄，有时候绿，但每隔一段时间，都会再次稠密繁茂，永远有蓬勃朝气的颜色在眼前，充满生机活力。

老房子是有故事的，前几年，老房子耳聪目明，看见了事情发生的整个过程。

房子的老主人，也就是目前这所新房子的爷爷，在三年前的一个晚上走了。

老主人最喜欢的就是老房子，认为老房子住着温暖实在，接地气，他舍不得改变里面的一切。哪怕是一片瓦，一盏灯，他看着这些陈旧的东西，就仿佛看见了他自己。也许是头发花白的缘故，置身于黑暗陈旧的房屋，他分明感到了一种亲切。曾经有人建议他，政府政策好，赶紧把老房子拆了建新房子，他拒绝了，是啊，再也没有老房子让他这么亲切，这么贴心。看见老房子的一切，就仿佛见到了一个相伴一生的朋友，这种情感哪能说放就放？

老主人走的时候，是冬天的一个雨夜，雨水哗哗地下，老房子年久失修，挡不住雨水的侵袭，屋内的很多角落都盛满了水，睡在床上也不暖和。被子睡久了变得坚硬如冰，他躺在床上试着用剩下的体温温暖被子，但被子似乎已经麻木，没有任何反应。

他感到了一阵寒冷，冷的似乎身体都结了冰，老人一个人在家，儿子女儿都出去打工了，老人躺在床上的时候曾经不止一次地想给儿子打电话，但他忍住了，儿子女儿都忙，哪有时间听他胡言乱语呢？老人没有老伴了，平时一个人在家，他每天除了做自己简单的饭菜，就是到屋子周边走一走，看一看，然后坐在床上。屋里有一只猫经常跑到床上来，猫能陪他，他孤独的时候也不会完全绝望。年老才渴望有人陪伴，他现在所有的心思就是期盼过年，只有过年的时候，儿子女儿才会回家，家里才有一丝生气，一个人在家里，的确不好过。

然而，这一天对老人来讲太漫长了，晚上睡不着，白天精神差，度日如年成了真切的感受，他也发现自己已经弱不禁风，以前年轻的时候走到哪里，摔倒了爬起来没有任何问题。前几天，他在外面捡柴火的时候，不小心滑倒了，倒在地上，衣服被雨水浸湿，他想挣扎爬起来，发现这件事太难了，腿好像不听使唤，他歇了口气，随后一阵阵的小雨开始密集地盖在他的身上，他用手揩了揩。好在那天有个赶集的人路过，因为走亲戚，所以从小道上过，他被扶到了屋里，那人很好，帮他把衣服换了，就像他年轻的时候，腿脚利索。

然而，他还是病了，躺在床上，呼吸吃力，嗓子一阵抽搐似的痛，继而是头脑发昏。

随后迷迷糊糊，就睡着了，最先发现的人是王大爷，王大爷见老人屋子里的灯通宵亮着，就好奇来看看，喊老人的名字，老人也没有多少反应，发现老人可能不行了。就给他的子女打电话，儿子回来的时候，他已经死了，看着父亲没了气息，儿子在老人身边痛哭，像一个受了委屈的孩子。老房子看着老人的魂魄从身体中离开，老人的眼睛终于缓缓地闭上了，老房子听着无数陌生又熟悉的口音，看着他们哭，看着他们无数的悲伤和眼泪。老房子第一次见证死亡，老房子心里很难受。它看着这些子女归来，想了很多事情，它不知道为什么自己有一种很难受的感觉，这种感觉是人类才有的。它只是一个房子，它想起自己多年前第一次看见主人的样子，它和主人惺惺相惜，老主人第一次结婚就是靠的它，修建这所房子花光了老主人所有的积蓄，当房子修建好了之后，主人用手抚摸了屋子的每一寸地方，感受了房子的坚实的身躯和新鲜的皮肤。

他满足地看着房子，露出了灿烂的笑容。老房子目送了老人一程，他平静地躺在棺木里，这木头是周围手艺好的木匠亲自为他定做的，为了节约钱，就地取材，农村木材不缺，木匠从房子后面的几棵大树中发现了适合的材料。

树是早上的时候被剥夺呼吸的，那些树，比老人的年纪还大，长着粗壮的树干，木匠和人量了量，决定就从后面两棵树下手。锋利的刀锋从树的皮肤里面滑进去，树的五脏六腑被划破。白色的粉末在风的带动下四散飘落，掉在地上，开出一朵朵泪花。这些眼泪在灰黑色的土地上显得刺眼，让老房子也感到有些残忍，在许多天的时间里，老房子都想到了大树的疼痛，它看到大树被无情的刀锋一点点割成粉末，大树砍了之后便只有树桩。树桩呈现出无数的圈圈，在黑暗的夜色里独自悲伤，从此它的世界里便再也没有春天，即便是有了春天，那也是黑暗。

房子修了以后，新主人并没有经常来住，虽然这里风景如画，小桥流水，新主人只是在过年的时候偶尔来这里小住几天，其他时间他还是住在县城里。他在县城买了新的房子，老房子听鸟儿说过，那里的房子很是威武挺拔，一排排的房子可以俯瞰整个大地。那里有着宽阔的街道，城市里的房子高昂着头，老房子无法想象俯瞰大地的房子是怎样的一种高度。在他看来，他所见过最高的房子就是村里的一座水塔，约莫十几米。水塔的高度让人望尘莫及，它想，也许城里的房子都和水塔一样高吧，主人回来的时候，会把房子的门窗打开通风，然后通上几个小时，又关上。

房子一空，冷清之后，动物也很少来了，以前老主人住在这里的时候，这里充满了无数的喧闹声，老鼠、鸡鸭鹅、猫狗。那时候新主人还是一个小孩子，老主人喜欢把胡子茬的嘴唇贴在孩子的脸颊上面，小孩子感到脸上呼啦呼啦的疼，挣脱他的拥抱，跑开了，跑了一阵转过头来，嬉笑对着老主人说，爸爸，你捉不到我。老房子想起过往的事情心中就涌起一阵温暖，它还想起新主人小的时候晚上因为害怕黑暗而不敢到门外的厕所，躲在猪圈的角落里偷偷地撒尿。温暖的被窝钻出来之后，就感觉身上被风搜刮了热气。他迅速解完小手，提着裤子跑开了。

老房子每年都在打望，它在日复一日的目送中渐渐变老，它看到村里的人越来越少，看到无数青年男女迈过村口，奔向远方打工，岁月影子就是自己变得昏暗的时候，房梁上的蜘蛛开始多了起来，老房子给人一种陈旧的沧桑，燕子喜欢把自己的巢穴安在房间的一个角落，狗和猫此时正在房子的门槛下懒散的半眯着眼睛。

房子空了之后，周围的草肆无忌惮地长着，慢慢地布满整个房子，盖住了小道，房子的横梁有些老得筋骨脆裂，不知道什么时候多了几道伤口，横梁在某一天雨水倾盆的时候断裂，断裂的半截栽进泥土。固化成一种姿势。久了之后，日晒雨淋，木头上长出了菌类，一种叫不出名字的小蘑菇，打着一把把小伞，很是可爱。

我路过老房子的时候，两只猫站在那里，显然是两只饱经岁月的猫，长得异常肥壮，两只猫发现我在盯着它们看，似乎有些警惕，用蜡烛一样的黄色眼睛打量着我，我越靠近，两只猫越是感到不安和惶恐，它们的尾巴也开始往上翘。我知道我扰了它们休息，于是退回来。

如今，岁月积淀的老房子正在历史的长河中退去，一些房子承载着无数故事，一些房子承载着记忆，在日复一日的时间叠加之中，遁隐，消失。一个人站在空空的草坝上，心里是无端的荒芜，我想起了很多事情，它们就在我一转眼思索的瞬间，奔跑而来。想着想着眼眶已泛红，心里压抑的声音，四散跑开。

那一瞬间，我情不自禁……悲从中来……

# 「古宇湖」

你的模样在我的心里生了根，当我第一次看见你精致的妆容，触摸你的肌肤，一阵阵眩晕传满全身，你就是我梦里流出的清泉，时光一年年，你悄无声息。美的寂静，美的安详。

一抹淡黄的霞光，随着湖水轻轻起伏，我在小船上矗立，看着你，淡淡的微笑，这一首首诗句，这一行行文字注定要在此地此时为你盛开，你悄悄地推开我尘封已久的梦，将一泄万顷的浩渺融化在我的心胸，风在此时调皮的赶来，带着丝丝含蓄，依偎在你的怀里，看着你，有如少女的清新，我的身体与你的肌肤相碰，你一头湿发，滴溜溜地左右摇曳，肌肤的光洁细腻，荡入我的灵魂。浅浅深深。

这种感觉如此刻骨铭心，我所有的忧愁、悲哀、思念渐渐散开，我触摸到了欣喜、感动、纯净。这是一种多么让人欣喜的水啊。纯净如处子的无邪，翠绿如翡翠的宝石，清亮如珍珠的灵秀。

古宇湖，与你相依，就像是盛开的九畹蕙兰，发出阵阵馨香，我所有的疲惫被你清澈的水带走，你是内江的一颗明珠，你嫩绿的秋风姗姗而来，托昏黄的秋雨将我的思念丢进你的情怀，让我载着深深的爱，你在召唤我，与你静静对视，我听到灵魂的尘埃在阳光下飞扬，在风中起航，清清凉凉，这是你，你就是精神的高度，就是理想的家园。

就这样匆匆相遇，却又匆匆别离，你的模样注定弥漫我的归程。

佛说：一念放下，万般自在。可是我怎么能够放下你，你住在我的心里，住在我的梦里，住在我飘飞的青丝里，住在我纯洁的诗句里。

古宇湖，你让我的魂为你痴狂，啊，魂牵梦萦的古宇湖，啊，船歌嘹亮的古宇湖。

# 「情系嘉陵江」

历史的长河一刻也不停息，缓缓流淌。正如眼前这条嘉陵江，从亘古的时空中款款而来，与这个叫武胜的小城相绕，谁也不知道这条河确切的年龄，印山河畔，嘉陵江一溪碧水，寂静流淌，敲响生命的姿态。

漫步于清晨的小城武胜，天色是淡淡的青冥，没有寂静的冷月高悬夜空，江边烟雾苍茫，那一程雨雪零落的痕迹点缀在江边古镇的大街小巷。武胜这座历经千年的古城，岁月悠久的当数沿口古镇，放眼古镇，清色的瓦房，土灰色的墙鳞次栉比，高墙窄巷，或短或长，或宽或窄，古朴幽远。漫步其中，狗吠深巷中，鸡鸣桑树颠的诗意迎面而来，几个痴玩的孩童嬉戏打闹，充满了乐趣。打量武胜，就像揣摩一件饱经时代沉淀的古玩，一眼便能窥见她深厚的年代感，询问武胜的老者，当地人总是慢悠悠的回答，武胜呀，还是有几千年了……

几千年了，时光已算是久远，可比起浩浩荡荡的嘉陵江，却算不上什么。

古诗有云："陇秦雨水汇嘉陵，千里江流绕古城。"碧波荡漾的嘉陵江，挟秦岭风雨而南下，历九曲回肠入长江，几千年来孕育着一代又一代勤劳朴实的武胜儿女。冬季的一场绵绵细雨，将嘉陵江描画得更加晶莹剔透，温婉安然。似乎只一眼，便可以醉入那无边的美，细细的雨滴轻轻地投入武胜的脉脉江风。一圈圈清波涟漪像玉兰花一样依次盛开。点缀着烟雨朦胧的景致，这景致便越加有了空灵美妙的感觉。

好似站在江边的我，便正想象着坐在江面上的一叶扁舟，在江中徐徐前行。

嘉陵江边有几艘小船，同行的朋友初来武胜，忍不住找来一艘船，要与我同游嘉陵江。

从沿口的码头驶出，岸边的石堆和水草渐渐远去，雨仍旧在下，我想也不想便快步奔向船头，唯有近距离的端详，眺望烟波浩渺的嘉陵江，才不辜负这巧夺天工的景色。

时而有几只在江边觅食的白鹤，静静地享受着嘉陵江带来的美食馈赠。不远处，还有戏水的鸭鹅，嘎嘎的在江边欢腾，身后则是几只慵懒的水牛在江边饮水，时不时的柔软的清风将清澈见底的水草轻扰。水波也撑开一波波迷人的笑容。像是对我们船上的来客示好。

仙境般的画面时刻洗涤着我浮躁的身心，沉入其中，所有的烦恼都暗自遁去，所有的杂念都散发得干干净净。

安静的我才能读懂嘉陵江安静别样的美。

嘉陵江的美在山水，美在人文，美在底蕴，美在特别，白居易在《寒食日寄杨东川》中写道："兜率寺高宜望月，嘉陵江近好游春。"赞叹嘉陵江是一个陶冶情操，洗涤身心的好地方。杜甫也曾对这绝美的山水写下"嘉陵江色何所似，石黛碧玉相因依"的诗句。江水美的景致给人以浓烈的情感抒发，唐代诗人刘沧在《春日游嘉陵江》中云："独泛扁舟映绿杨，嘉陵江水色苍苍。行看芳草故乡远，坐对落花春日长。曲岸危樯移渡影，暮天栖鸟入山光。今来谁识东归意，把酒闲吟思洛阳。"嘉陵江静水流深，澄江如练，绵延不绝，是作家诗人写下绝世佳句的灵感之源。

站立久了，有些乏累，坐立船头，近距离打探嘉陵江水，嘉陵江水让我惊叹，碧波荡漾，精致如绿宝石，绿得让人心醉。小船游动挑起的浪花不断被卷起，恰似洁白无瑕的宣纸，白的让人喜悦。不得不敬佩嘉陵江水的坚守品格，在现代化都市林立的今天，在众多江河都被污染鲸吞之下，她却以一种执着的清澈展现自己内在风韵，似要给当世做一个江水的榜样。

嘉陵江的一岸是沿口古镇，另一边是一个半岛，半岛上郁郁葱葱，植被茂密，几户人家散落四处，远远打望，一派祥和。嘉陵江的美和沿口古镇的质朴无华相得益彰，和鬼斧神工构造的半岛浑然一体。

时光见证了滔滔嘉陵，培育了一代代嘉陵儿女。嘉陵江给予我的不仅是美的享受，更是精神的归依。

# 「稻城孤旅」

　　在寒冷的季节出行，不得不说是一个很大的考验。去一个新鲜的地方，找找灵魂的梵音，听听世外的花语。

　　稻城就是我的目的地，那里据说温暖如春。由于路途遥远，我只带了几本书和一台相机前行。临走的时候觉得书也是累赘，回来看书也未尝不可，到一个地方欣赏当地的自然风光才最重要，于是把书也丢下了。吃完午饭，我离开了香格里拉。去往稻城的路上，两旁依旧是之前看到的藏族民居，土墙木瓦，零星的点缀在枯黄色的草原上。除了民居之外，还有洁白的羊群。时不时的你会看到低头觅食的牦牛抬起头来，仔细向我们张望。眼神里有着上天赐予的灵性和自然，那种眼神有一种超脱的力量，似乎在传达一种思想。

　　雪还在下，和昨天一样，树枝上一片萧条，干枯枯的树枝挺立在雪地中发呆。

　　连续几日下雪，地面上铺了厚厚的一层。

　　小的时候，我特别喜欢玩雪。下雪的时候除了和小伙伴们打雪仗之外，还喜欢堆雪人。那时候冬天保暖都靠烧柴火。下雪天捡回来的柴火是湿润的，燃烧的时候，烟从木头的胸膛钻出来，过一阵子水汽蒸干，火苗也就旺盛起来，舔着锅底。

农村生火做饭，烧的大多是木材。现在想来，在外面捡拾木材，还别有一番乐趣。

车子又开了一段时间，人烟更加稀少。窗外一片白茫茫，纷飞的雪花细细碎碎的从空中飘落下来，柔媚多姿，神态像极了仙女的舞裙。

司机是一个藏族中年汉子，不善言辞，一路上很少说话，专心开着车。

他沉默地让我有些无所适从。我所在的江南之地，人们大都热情，即便是陌生的客人，司机也会唠唠叨叨说上半天。

遥远的路途如果不说上几句话就感觉十分别扭和无趣。

我递给他一支烟，他接上了，顺便给他点上了火。

"这烟感觉怎么样？"我没话找话，"这烟就是我们当地特产的，你们这儿没有吧。"

"嗯，还行。烟抽来抽去，味道都差不多，我们抽烟就是为了解乏。"

我说："我们那里的烟，有一股辣味，我以为你能抽出来。"

"辣味？"

"是辣味！"

他又抽了一口，缓缓吐出烟圈。

"嗯，细细品味之下果然。"

我问："成家了？一个人跑长途很辛苦吧？"

他笑了，"有个娃，在家。几岁，顽劣异常。生活还是苦。"

车子开始翻越雪峰了，这是一条盘山的公路，开起来颇讲技术。海拔四千多米，下雪天，自然很容易打滑，车子开得很慎重，像蜗牛爬一样缓缓行驶在路上。

山谷里的风，呼啦啦作响。这个地方的山峰全部都披上了雪大衣，景色也变得分外好看。树枝，石头，山顶，半山腰所呈现的雪的形态都不一样，目光所至，震撼，神奇。司机紧紧握着方向盘，双眼注视着前方。他手上的方向盘，关乎着车上几十个人的生命。我第一次近距离地和悬崖相遇。双眼往外望，深不可测，心不由得慌张起来，各种不好的感觉在脑海里轮番上演，我的手心惊出一阵冷汗。

窗外是静谧广阔的世界。长途开车是一个颇费精力的事儿。连着坐了几个小时，困意袭来，闭上眼睛，仿佛感觉雪落在我的身上，微凉。

车子翻过山口的时候，晃了一阵，接着一声巨响，马上惊醒。"怎么了？发生什么事情了？"

"没事，就是石头滚落了，在后面。"司机平静地说道，我无端的生出一丝害怕。

万一被砸中那就完了，真的是用命在旅游啊。

我有点担心，太吓人了。

他说："不怕，习惯了就好了。"

"还有多久啊？"

"快了，再过半个多小时，我们就到甘孜了，那地方就安全了。"

车子绕完山开始进入低洼的河谷地带，雪开始变小了，可以隐约看见天空。

这里的房子也很有特色，是石头修建的，看着给人一种厚重的感觉。房子修建的位置靠在小河的高处，房子上涂了一层好看的红色。从远处看，房子好像悬挂在山中。一切都安静起来，也没有了咆哮的呼声，穿过乡城县，终于到达了目的地，梦中的世外桃源——稻城。

那个时候已然是黄昏，到了没多久，天就黑了。

稻城的人已经休息，街上空无一人，到了目的地之后，就是找旅馆住宿。

走了两圈，所看到的旅馆都已经歇业关门。

我鼓起勇气敲响了几户人家的大门，除了几声狗吠之外，没有任何回音。

一个人在街上晃荡，稻城的今晚就是我一个人流浪的天地。

我不死心，费了九牛二虎之力终于找到一处民居同意接纳我们，顿时欢天喜地。

布置得挺干净，价钱都没怎么讲，直接入住。

睡在温暖的床上，想象着路途中的风景，沉沉地睡去。

早晨起来的时候，掀开被子，凉意灌满整个身体，这里的早晨比想象中还要冷一些。

出了门，吃了早茶，整理了下行李，便独自一个人，走走停停，到处观望。

中午时分，太阳出来了，金色的阳光从树梢处落下来，温暖如春。如果在空中俯瞰稻城，会是怎样的景致？可惜我没有翅膀，飞不上天空。

这个时候天气爽朗，蓝天白云，所见之处，一片醉人。

稻城县的每户人家，远远看去，都是一座石头堆积的城堡。

稻城的美是原始的美，是壮烈的美。

稻城被山围在圈子里，山外面还是山，无尽的山，苍茫的山。今天我在稻城之地留恋，脱离了凡尘的世界，离前几日的我越来越远。

大片大片的白云，从那头一直绵延到这头。

这个季节的稻城，生活是那么的简单，纯粹，安静，祥和。

河水从冰雪的心中匍匐而出，阳光却在头顶上闪耀璀璨。

雪水从峡谷中奔流，顺着河堤的两岸，涌向村庄。

无数的树木保持着安静的姿势，在阳光下面，它们就是勇士，就是神的化身。

关于石头城的传说，有一个现实存在古堡，那有不高的城墙，四面都是石块围成的墙。陈旧的古窗贴在上面，古朴严肃，石墙是灰白色的模样。

石墙之外则是平整过的土地，不远处的地里，还有些被刀锋带走剩下的茬儿，它们以一种伤痛的姿势被风撩拨。风张大了嘴巴，掀起了一阵阵土壤的颗粒，灰蒙蒙的颜色开始旋转。

临近的一个村子，有人在修建他们的房子。

修房子的人把所有的石材都堆在一旁，爽朗粗犷的汉子们，在石头上休息，这些稻城的主人，风尘仆仆的年岁印着时光的皱纹。他们的衣裳挂着灰尘，身上包裹的羊毛短袍，让他们不惧严寒。你能在稻城听到他们好听的音腔，绵延开来，像草原一样宽阔，像高山一样高亢。

沿着小河边走了一段，风景是迷人的好看，用美来形容还稍显单薄，应该叫仙境。

蓝天白云，原野石峰，夕阳雄鹰，草甸山峦。

在冬天万物凋谢的时刻，你在河边静听，风声的呢喃，还有鸦鸣，以及大地上细微的噪音。你会发现，稻城是神奇之地。众神都在，自然之神在这个地方，闪耀着无尽的光芒。冬天水结冰了，没有夏季那么踊跃，草也陷入安眠。我来到人们传说中的红草滩，红草滩的美，美在凌乱，正如红草滩的红，红得深沉。

迎着风走，这个地方的小路，从这边一直绵延到那头，在稻城，一座山就是一朵云的符号。只要你愿意，你便可以从云中看到山的姿态。

阳光是大方且洒脱的，只要你在山上待上片刻，金黄色的光芒会随着微风抚摸你。

红草滩有些萧瑟，除了一块石碑立在路边，便剩下衰老的红草。石头保持着一种永恒的姿态待在旁边。不离不弃，即便是时光翻转，沧海桑田。

活着是一种信仰，活着应该有爱，活着应该有情。

只有来到稻城，你才能找回自己。这里天空有多远，你的心就有多远，山峰有多高，你的理想就有多高。水有多坚韧，你的情怀就有多深。

我想用照相机把这里的一切都拍下来，甚至在那一个瞬间，我想待在这里。坐在这些调皮的风声之中，站在这些灵性的仙草面前。

鸟儿在空中飞过，没有停留。我在这里走过，除了一双脚印，别无他物。

脚印会被自然收留，我把自己填在镜头里面，以一种微笑的姿态，记录我的面容。

稻城看得见我的样子，知道我来过。

走走停停，十几天的日子匆匆而逝。

快过年了，我还在稻城这个地方。客居异乡，感慨万千。

是时候回家了。回家和父母聚一聚，吃吃饭，唠唠嗑。想起，就是温暖的存在。

路面上挤满了回乡的车，车子在盘山路上堵了好长。除了拥挤的车流之外，一切都零落且散漫，牛群依然在不远处吃草。百米之外，山泉依然哗哗作响，我看见山麓上的树木扭捏成一团。似乎是在为我表演。

有没有人像我一样，想要用脚步去丈量这山峰。

堵车是一件非常烦心的事情，把太阳逼得满脸颓废，直至落入地平线下。太阳一走，寒意就乘虚而入。虽然车子上开了空调，可我依然觉得有些寒冷。

"下车吃些东西，今晚走不了啦。"牦牛肉的香气从锅里飘出来，饥肠辘辘的时刻，最幸福的馈赠便是有吃有喝，青稞酒甘洌可口得很呢。幸好这地方有个中转站，不至于饥寒交迫，煮肉用的是柴火，带着湿气的柴火。煮出来的肉干清香，全是自然的味道，喝一口热汤，心中全是饱满的温暖。

山谷里的风把火撩拨得左右摇摆，似在跳舞。藏族的歌声响起，那一刻，稻城的石板路，雕像，喇叭，唐卡，饰品在我的脑海里沸腾。

离开稻城，一个人走，除了风声和自然的景致为我送别之外，没有任何人。

这里的自然景致原生而纯真，没有打磨的表情，随处可见。

无论是山峰，还是绵延的河流。无论是石桥，牦牛，圆月，草甸，云朵，还是灌木，石板，寺庙，顽石，野草，都是稻城说不尽的魅力之源。

蓝天白云、灿烂阳光在稻城到处都是。

稻城的夜晚是寂冷的。寒风往骨子里钻。黑夜的黑是无边的，一片漆黑，仿若黑暗吞噬了整个世界。

　　车票订好,启程。沿途苍茫辽阔的大地,自然本真的气息在我心中回荡。我随着车子晃荡,在路上睡了醒,醒了睡。记忆中万水千山的情感一泻而出,人的一生,无限过往,浩浩荡荡,转身回头已是沧海桑田。回到家之后,好好地洗了一个澡,然后躺在床上,进入梦乡。

　　梦里很香甜。

# 「土地哲学」

当我看见大地，我就会想起很多东西。

人和世界所有的东西都是循环的，从哪里来就会到哪里去。传言，如果一个人出生，势必有一个人会悄无声息将呼吸还给大地，这是大千世界注定的变化规律，也是维持一种天人合一的平衡。

这是一种沿袭了千百年的方式，被固定成了一种礼仪和习俗，子孙后代的繁衍和分裂，以及家族的发展，都鲜明地打上了这个时代烙印。与生俱来的本色和质朴，把这种浓烈的情感埋藏在内心最为隐蔽的角落。平时都是沉默且内敛的，直到被时光之手打开。

土地是我们的依靠，也是我们赖以生存、不可缺少的根本。土地的重要性，自然不言而喻，对于土地，我们总是心怀感恩，我们的祖先自开始和土地交流便清楚，所谓的适度农耕，乃是和土地两不相欠的平衡。

我们的生活中需要什么，我们就种下什么，用自己的勤快、辛劳、朴实置换土地的丰收硕果。付出和收获显然是一个永久的约定。自然的力量也告诉我们，一旦背离了本质的初衷，那么就会被苦难报复。

约定就是我们的核心，它的重要性有时候超过生命，我们只有遵守这种约定，才能够在某种范围之下放心的生活。我们在大地的怀中开始安放属于我们的生活，劈柴、喂马、打地基、运来砖块，然后大家一起把所有的材料黏合，打磨、固定、风干。然后再从土地上的植被中找来木材，圈成栅栏，驯养牲畜，饲养家禽。

我们在希望的田野上利用一些现代的大型器械，不断地打探大地皮肤深处，想看看它们的内核，皮肤之下是什么？我们所知道的，远古以来，无非是草木在这个地方扎根生长，开花结果，提供世界万物以存在的理由，呈现万物以生长的方式。远古以来，对天地的敬仰就是对土地的信念。

土地毫无疑问是大方的，是慷慨的，每当我们投之以勤劳，它总能在合适的季节给予我们丰厚的馈赠。用一种天地之间风调雨顺的美好天气，佐之以土地的养分和人民的精耕细作，来喂养它怀里的这些草木，这些草木有一个很好听的名字，那就是——粮食。粮食每天不一样，高度一天一个长，我们内心的喜悦就一层跟着一层叠加。粮食一粒粒饱满起来，我们的内心也就渐渐丰盈充实起来。

土地赐予我们的，是有条件的，我们的子女都要长大，随着时间推移都要慢慢变老，都要四散为家，各奔天涯。他们求学的时候，他们工作的时候，他们结婚的时候，我们都要面朝大地，掬一把泥土，祈求他们平安归来，归来只是心里的想法，我们所希望的，在于他们能够在未来的时光中幸福生活，年少的时候我们不知道，土地柔软的深情。自从懂事起，便一直向往外面世界的繁华。青年时期好高骛远，英雄非我莫属的还未曾和现实社会短兵相接。

我们每走一步，似乎都沾沾自喜，以为天地接纳了我们，远方原谅了我们的出逃，直到这种希望被时光折断，渐渐年老。

我们穿过一切，穿过岁月典当的生活，穿过阁楼房檐的蛛网，穿过两行泪水的分别，启程远方，我们一直不停地走着，走着，走着，开始是好奇地走，后来是谨慎地走，担心地走，终于有一天，我们走不动了，该回头了，但却发现回去的路何其遥远，回家的心是何其急迫。

我们同伴有的把自己走丢了，再也没有回来过。有的人从村庄走进村庄，有的人走进了遥远的国度，有的人走进了土地，再也没有回来，只有一张照片，带着一丝遗憾，遗落在了他童年玩耍的那座老屋。

这些人无论走到哪里，都不会忘记自己是从哪里来的，他们有一部分人荣归故里，衣锦还乡，回家的时候除了自己土地上的庄稼荒芜的生长着，其他的一切都物是人非，人都不认识了，认识的人似乎都走了。

多年前的房屋还立在那里，一切都以静谧的方式呈现。还有一些植物，凌乱的步子盖过一切，它们的呼吸还在，绿油油的样子，只是再也辨不出它们原本的模样。尽管家乡的一切都已经发生巨变，但好在土地的构造还没有失去它原本应有的姿态，农村的变化虽然较大，但好在还有一些框架和记忆中的影子叠加重合，合二为一，让人心里不至于全盘落空。

大地是有眼睛的，无处不在，记录着时间、地点、事件，每一刻每一秒发生了什么？它都一清二楚。在世间活着，所有的事情都离不开大地的见证。

你看这世界，到处都有它们的眼睛。湖泊，山川，这都是花鸟鱼虫玩耍的乐园，它们都是眼睛，可以看到我们的一切，它们无处不在，它们喜欢在天空中追逐，在大地上奔跑嬉戏。

　　风声是大地特有的嗓音，大地每喊一声，风的脚步就从一片田野刮过来，风是细微认真的，仔细负责的，它能将每个人说过的话，做过的事，吹进每个人的心里，吹进每个人的梦里。从朝阳到夜晚，夜幕降临以后，风就会开始不定时的抽查，巡视一切，有时候它会让人感冒，有时候会无端的发火，引起火灾。甚至，它很生气的时候，能带给人绝望和悲伤，收走人的呼吸。

　　生活的哲学告诉我们，从哪里来到哪里去是一种循环的历程，我们既然来自大地，自然会有一天回归大地，我们的姿态就是大地的姿态，因此，守护大地就是守护我们的家园。认真聆听大地的声音，就能领悟深刻的土地哲学。

　　这是生命的宿命，也是诚信的约定。

# 最独特的感悟 · 第五辑

抽 刀 断 水 水 更 流 ， 举 杯 消 愁 愁 更 愁

# 「牙齿的疼痛」

人的一生，其实是在与时间赛跑。

即便是我们不愿意言及的衰老和死亡，也是人生当中不可回避的问题。

很多事物是在不知不觉中变老的，比如一颗牙齿。

牙齿在想象当中是多么坚固的存在，但我在某一天漱口的时候惊觉我的一颗牙齿坏了。我不知道这一颗牙齿是在什么时候开始从坚固变得异常脆弱。但是我清楚地知道，它肯定在某个时刻被细菌一点点蚕食。时间作为推手，让牙齿大门洞开、残缺，最终成为一颗龋齿。它能通过疼痛提醒你，在自己的口腔里，一颗坏了的牙齿正准备攻陷你所有舒适的生活，并且这种破坏力在以后的日子里只增不减。

我用推手这个词并不为过，在这颗牙齿没有坏之前，我一直是自豪且满意的，牙齿整齐划一的排列在我的口腔里，除了吃饭的时候，我隔三岔五会打望我的牙齿，我的牙齿算是我身体长得最好看的部位。如果不是因为这种深不可测的疼痛，或许我根本不会注意口腔之中有一颗病牙，而它不知不觉，在一个皆大欢喜的时刻，长了出来。

　　那是过春节的时候，正是各种美味佳肴汇聚的重要时刻和关键节点，牙齿的重要性不言而喻，家乡的美食样样好吃，这都需要一口好牙齿，来品尝，来放纵，来刺激。所有的如意算盘在这颗牙齿纠缠生活出来之后全盘打乱，它在这个时候出来惹事，显然不讨人喜欢，开始的时候我并未理会，或者说根本就没有引起我高度的重视。想当然的，我认为这个牙痛也是偶尔的，过一阵子就好了。就好像刮一阵风一样，风过去，树枝也就会恢复神采奕奕的样子。于是对于突袭而至的牙痛，首先想到的办法就是多刷牙，忍一忍，也许一两天过去以后就不痛了。可是，到晚上的时候，这颗牙似乎并不领我的情。开始是隐隐作痛，后来便是肆无忌惮，翻天覆地，我的脸也因为牙齿痛得似乎变了形，肿胀不堪。晚上这疼痛则让我彻夜失眠，精神崩溃。

　　不看是不行了，去了医院拍了片，在医生的谆谆告诫之下，我的心还在纠结，到底取不取掉这个牙齿，过了一周，疼痛已经说服我了，躺在诊椅上，一位年富力强的大夫，站在我身边，问我，是否牙痛头晕？平时喜不喜欢吃甜的？平时漱口用的什么牌子的牙膏……一连串问题感觉就是在做一份试卷选择题。

　　大夫拿着精细的工具，在我的口腔里探了一圈之后，让我仔细地观看自己牙齿的样子，还说这牙齿怎么怎么的不好，仿佛牙齿犯了很大的错。

　　"医生，你看这个怎么办？""把这颗龋齿取了吧。你这颗龋齿啊，里面不规则，高低不平，只有先钻个小孔，然后取出牙神经，我再给你消炎，擦点药水试试。换药期间，你最好少吃点东西，你刚才和我说你喜欢美食，这期间，尽量少吃。因为吃东西之后会对牙齿的修补造成很大麻烦，所以，你要控制，大概一个月之后，牙齿里的空洞只要补好了材料，你就可以随心所欲，大开吃戒了。"

我第一次通过医生的专用器具看到了自己的口腔，粉红色的牙龈，还有重叠的暗黄牙齿内洞，看到这些我都不敢想象，是在这样的环境下，食物通过撕咬、咀嚼，进入我的胃里。

医生首先是给我打了麻药，然后拿了钻针在我的牙齿上摩擦，声音尖尖的，很是刺耳。

除了摩擦牙齿的声音，周围的一切仿佛都是静止的，木讷的。

血腥的味道在我的嘴里开始弥漫，银针在我的牙齿里面到处探索，动作缓慢，小心翼翼，这让我意识到，牙齿的修补原来是一个很复杂的庞大工程。

想起很久以前，看过的一个相声小品叫《拔牙》，里面拔牙的方式很夸张，说要用一根细绳绑在患者的牙根处，在另一边抽打骡子用来拔牙。千钧一发，速度很快，很猛，结果牙齿坏的没拔下来反倒赔了一颗好牙。那时候我看到这个小品，哈哈大笑，全然没有想到多年以后这样的龋齿会在我身上出现。

好在现在的技术比以前先进了不少，加上我这个龋齿是局部的，因而也不算复杂。

龋齿治好了之后，感觉大好，虽然在一个月的时间里我不敢和美食造次，但牙齿治好之后我似乎有点杯弓蛇影，对于美食的喜欢虽然强烈，但多少能够控制自己的摄取了。那天出来之后，天气晴朗，仿佛就像是昨天。太阳暖洋洋的，有些恍惚，修补牙齿自然耗费了我相当多的时间，我那时候想，如果不是因为牙齿的话，我会干好多事情。

比如我可以逛书店，去旅游，喝点热咖啡，吃无数美食。

好了之后，我不再对美食大快朵颐。一颗牙齿改变了我的生活。细小的东西有时候真能决定一切。

小的时候，牙齿脱落更新，家人便告诉我，掉的牙齿要使尽全身的力气扔到屋顶上去，只有这样子以后的日子才会越来越好，记得有一次，我把掉的牙齿扔到房顶上去。牙齿却顺着屋檐，滚了下来，落在地上，捡起再扔，自己都不知道扔没扔到屋顶上去，完全没有了声响，地上找也找不到，只好作罢。

婆婆经常逢人便夸我的牙齿长得好，以后有福气，如今，我已经浑浑噩噩地过了很多年，由一个不谙世事的小孩子长大成人，粗茶淡饭日子平安，唯一于我，除了年龄大了些，人老了些，一切似乎都还是老样子，我现在挺好，只是婆婆慈祥的面孔和对我的关爱，被时光带走了，有时候想起她说话唠唠叨叨的样子，她牙齿光泽的模样在我的梦里撑开成一朵花。

人们常说，小孩子掉牙是好事，乳牙掉了，说明孩子长大了，但对于一个长着恒牙的人，牙齿的掉落则是悲痛的感受，因为牙齿一旦离去，便再也不会长出来，牙齿脱落对于一个成人来说是可悲的，这寓意着自己年老体衰，寓意着自己身体羸弱，一个人只要他的牙齿全部离开他，显而易见，死亡也就不远了，这是我家乡普遍的说法。

牙齿是有情感的，当我们年轻的时候牙齿自然也充满活力，当我们年老的时候，牙齿也变得脆弱不堪。如果没有牙齿，那么自然界估计要拥挤不堪了。牙齿维持着生态系统的平衡。

因为牙齿的功能在于咀嚼，这是任何动物消灭食物最有效的方式。

猛兽会用牙齿将猎物撕碎，鲜血淋淋，饱餐一顿，牙齿作为一个重要的利器，其重要性不言而喻。

　　不是所有的动物都有牙齿，但牙齿却是衡量一个动物勇猛的重要标准，在我的记忆当中，没有坚硬锋利牙齿的动物大都是温顺的，比如鸡、鸭、鹅、牛。世界是如此的神奇，那些缺少牙齿的动物似乎性格方面也十分的柔顺，人类几乎可以轻易地驯服。人和动物之间的关系，牙齿显然成了一个重要的组成部分，很多时候，我们不得不依赖于牙齿和一些东西打交道，这带给我们美味的同时也在拷问着我们的道德良心。我们穷其一生就是为了让牙齿有所感悟，但很不幸，我们又成为它的俘虏，一切事物都要听从它的安排，它就是造物主一般神的存在。

# 「快时代有感」

　　过年的时刻是热闹的，诚然也是忙碌的，每到过年前，手机都会收到很多祝福。内容不外乎是身体健康、万事如意、阖家欢乐等词语的堆积，抛开这些词语的祝福本身，我想到了更深远的意义，那就是我们离纯粹越来越远。焦虑和浮躁贯穿了现代社会我们每个人的时间。

　　挖掘这些祝福的话语同样很有意思，比如说马到成功，与马相关的诗句我们能轻松地想起几句，比如古诗："但使龙城飞将在，不教胡马度阴山。""夜阑卧听风吹雨，铁马冰河入梦来。""葡萄美酒夜光杯，欲饮琵琶马上催。"马在这里的意思都是雄伟、豪迈、伟岸、风流的符号，也是速度与激情的写照，现代人说的马上，就引用了速度之意，因为简单易懂，通俗实在，于是大为流传，成为中国常用的口头禅之一，马上就好，马上就来，马上就到。

　　把速度作为一个衡量的标准，作为一种概念来参考，正说明现代人们心里的浮躁和忙碌，因为忙碌和浮躁，所以导致自己难以静下心来，才会对速度要求越来越高。比如现在的汽车广告，人们的关注点往往是研发的速度提升多少，相反，如果说降速多少，很多人多半会不以为然，不屑一顾表示藐视，时间之快，让人有些惶恐，你甚至搞不清楚每天在忙什么，稀里糊涂地就过了一天，并且常常感觉时间不够用，恨不得一天当成两天用，正因为追求速度，追求时间，在规定的时间内利益最大化仿佛才是真理，于是才有人类不顾一切的盲目攫取，哪管子孙后代生死的贪婪开发。

木心的书里有首诗，叫从前慢，从前的日色变得慢。车，马，邮件都慢。一生只够爱一个人。从前的锁也好看，钥匙精美有样子。你锁了，人家就懂了。慢是需要细细品味，细细思考的，简简单单的一个慢字，其实大有内涵，慢是一种朴素，亦是一种淡定。同时也是一种耐心和从容。慢本应该是一种生命哲学的符号。我们都说，时间如流水，逝者如斯夫，不舍昼夜。很多事物，只能在慢的过程中才能读懂其中的玄妙和质感。

我们古代的神话更是充满了慢的色彩，一直以来，我都相信，这世界所有美好的存在，诸如山川江河，天空大地，飞禽走兽，一直都体现着慢的哲理，这种哲理主要表现在，动物界的一切都是慢慢成长的，你看那嗷嗷待哺的小动物，总要经过一段时间的成长才能有独自捕食的本领，才有独自抵御一切的勇气和实力。万事万物只有慢慢地生长，才能窥见自己独特的存在，牛羊长大了，正好草原的草也茂盛了，每一次的出现和变化都在冥冥之中赋予生活的哲学高度。慢赋予一个物种超强的力量，在我看来人类算是发育比较缓慢的物种了。你看我们三岁的时候还是婴幼儿，而飞鸟三岁的时候已经在天空翱翔，老虎三岁的时候已经能够单独掠食。小猫甚至生下来才几周就能随意到处蹦跶，忽上忽下，然而，正是因为慢，才成就了人类的伟大，人类的力量在智力的引领下得到了极大的拓展。

慢是一种成熟的过程，慢也是为了积攒力量等待升华和绽放。我在想，如果人类唯独求快，也许生活就不会变得这么富有趣味，也许就和那种草原上的动物一样变得凶狠且野蛮，变得不可理喻。因为求快，所以才会有敷衍了事，才会一味地追赶进度，放眼现在，快当然并非全部不好，但在我看来，很多快速发展的事物，缺乏的正是一个精细的过程。

正所谓慢工出细活，只有时间才可以铸造精品。慢工正是精华之所在，我们生活在一个快节奏的时代。往往追求生活速度，却忘记了生活是拿来慢慢品尝的，生活就像一杯茶，总得有个过程，茶在成熟之前，莫不是经过一番透彻筋骨的洗礼，除了最基本的开垦、种植、修剪、施肥、萎凋、揉捻、发酵、干燥等一些制作的程序之外，还必须选好坡度，经历风吹雨打。

选好采摘的时间，把握好掐尖的时间，这一切快不得，快一秒则次，必须耐心等待它们成熟。唐代诗人元稹写过一首关于茶的词：茶。香叶，嫩芽。慕诗客，爱僧家。碾雕白玉，罗织红纱。铫前黄蕊色，碗转曲尘花。夜后邀陪明月，晨前命对朝霞。洗尽古今人不倦，将知醉后岂堪夸！诗人魏时敏写道：待到春风二三月，石炉敲火试新茶。茶就是人生真实的写照，慢是茶的本色，亦是生活的本色。人的时间总要干一点特别的事情，不能为了生活而生活，应当有一点闲趣，用慢的姿态便可以窥见大自然中奇特的美感，便可以对花鸟鱼虫有一个独特的感知。这种感知便可以让你的心陶冶出春天，让你的灵魂步入桃园，因为心外无物，静候时光，便能做到不以物喜、不以己悲的难得心境。

慢可以带来诗意的存在，徐志摩说：生命是一种诗意的栖居，没有了诗意，生命也就失去了存在的意义。陶渊明说：生命就是一次无拘无束的平凡之旅，只有怡然自得，才能活得精彩。米兰昆德拉说：生命是一棵长满可能的树。由于性格、经历和生活环境的不同，每个人对生命都有自己独到的理解。那么让我们慢下来，一起去打开时光的脚步，慢慢地去品味去感悟每个生命真实的姿态，去欣赏世界的美好。怀抱一颗慢姿态，可以看见过去也可以把握未来，慢可以让你的生活，从囚笼开出绚烂的花朵来。

# 「漂泊的时光」

窗外不远处有几棵高大的白杨树，现在已经是仲秋时分，树叶已经变成了炫目的金黄色。叶子的正面和背面因为视角的差异，要仔细看才能分辨得出来，深入其中，微风掠过，叶子窸窣作响，似在轻叹。

这几棵白杨树所在的位置接近山的顶端，我家就在这山顶之上，白天很少人走，夜晚更加寂寞，若没有风，这里的一切都是安静的，除了三三两两的行人，偶尔站在这山顶之上晨练。

这样的场景，人可以安静地发半天呆，那时候，我正迷恋外国文学作品，并且深深地被亨利·戴维·梭罗所著的《瓦尔登湖》以及萨默塞特·毛姆所著的《面纱》等作品所凝聚的哲理思想折服。并有意让自己效仿他们的姿态去观察和欣赏细小事物所馈赠的人生情怀。那是几年前，我大学毕业，前程一片迷茫，就像是一段句子被打上问号一般，下一段却不知道怎么开始。

那时候的我已经毕业，开始步入社会，求得了我人生的第一份职业，报社编辑，日子仓促而凌乱。住在城市的边缘，四环之外。那个地方与其说是城区，不如叫农村的小镇。因为靠近城区，所以消费不低。

我住在一条饱经时光洗礼的街道，街道两边除了数不尽的大学生租客之外，剩下的就是几百米开外一望无际的农田。

春天的时候，街道两边的泡桐树开花了，显得热烈而充满朝气，花是很好看的淡紫色，给人一种浓烈的美感。而在夏天的时候，街道两边高大的叫不出名字的树木则将街道分成两个界限分明的小道。晚饭后我习惯在这条老街上走上一圈，从这头一直走到公交小站然后折回来。这条路到市中心每天只有两班车，早上一班，晚上一班，开始来的时候我还不太习惯。这里的人流量少得让人感叹，全然不像现在熙熙攘攘，宛如两个世界。

当时，和我一起租房子的同学有三个，住的地方隔得不远。上班之外的周末，便成了我们打发时间相聚的美好时刻。三个人在周末约定好了去骑车，去湖边玩耍。在领到工资的时候去电影院或者 KTV 嗨一把。路上遇到长得好看的姑娘，也会不由自主地多望两眼，回来之后则是天南海北的聊天，那时候我们对未来的憧憬侃侃而谈，偶尔也会为了某个观点争吵，生气的时候互不理睬，过后又觉得万分幼稚，那或许就是青春吧，青春的一切都是琐碎且凌乱的。

单身的惯性从大学毕业之后还蔓延了两三年，没有结婚，所以还没有像现在被婚姻生活所束缚，周末我一个人的时候，会去逛书店，然后看上一整天的书，看书是我一个多年的爱好了，一般都是周六早上吃完早饭出去，然后看到下午回来，也不常常固定一家书店。小镇上除了新华书店之外，还有一角书屋，阶梯书屋等。回来的时候喜欢绕行，从河边绕一圈回到家，那时候的河水很清澈，夏天的时候，蝉鸣虫叫，你在河边可以看到游动的鱼儿，风吹起河边的柳树和流水，会带来一股原野

— 131 —

的味道。秋天的时候叶子枯黄一片，踩在脚底下，飒飒作响。

青春的激情永远充满张力，那时候天高地远，心中常常生出天下英雄非我莫属的幻想。尽管衣衫褴褛，却也豪情满怀，看到一些场景一些故事，便会自由发散狂妄幻想，比如以后出国留学，看到韩剧，也心血来潮去学了几个月的韩语一样，这些事情后来都不了了之。很多以前打算的事情，却因为现实的原因，搁浅了。

小镇上的房子平时倒还好，最怕的便是打雷，雷声沉闷，在雨水即将倾泻而出的时刻。由远及近传递过来，而后猛的一声，像巨大的铁球砸在地面，耳边一声巨响，周围的小车报警声此起彼伏。雨水瞬间倾盆而下，很快就变成不间断的水柱子，地面上水没多久就积满了，浑浊的水流将大街冲洗得干干净净，伴随着无数个气泡涌入下水口，旋涡像一朵朵盛开的花。树叶被雨水一洗，显得干净不少，树干似乎被涂了一层油。一阵之后，雨水渐小，云开日出，只有树叶上还有一颗颗小水珠摇摇欲坠，剔透晶莹，空气中弥漫着清新的香樟树味道。

我在那个小镇待了两年多，随后我离开了那里，前段时间我去了那个小镇，熟悉的景致没有了，但大致的轮廓还在，只是小镇较以前热闹了不少，人来人往，路边随处可见停放的小轿车。一些陈旧的房屋已经被电梯房代替，呈现出一种祥和繁荣的景象。

路过原来那栋楼的时候，惊讶地发现还没有怎么变，问及周围的人，说是因为拆迁问题没有谈妥，因此搁置至今，所以才得以保存。我看着这时光遗留的回忆，有些心酸，也有些感叹。也许青春的一切都会变吧，这最后的抵抗无论如何都是斗不过时光的侵扰和占领的。

以前的小镇晚上很安静，人少车少，一切都井井有条。现在的小镇，白天还好，一到晚上就堵车，汹涌的车流绵延不绝，走在路上，你会看到无数辆轿车开着灯光熙熙攘攘，这一刻完全是光与灯的演唱会。外加此起彼伏的喇叭声。小镇已经叫大镇了，走了不久，便是新建的人工过街天桥。在一段时间以前，这个地方还应该属于农田，当然这个标准现在已经改变，原本生长的庄稼已经被城市发展的速度鲸吞，我想起俄国诗人叶赛宁曾经写过的句子：

> 河水悄然流入梦乡
> 幽暗的松林失去喧响
> 夜莺的歌声沉寂了
> 长脚秧鸡不再欢嚷
> ……

这原生态的美好一去不复返了，城市和农村的分界线现在在这个小镇已经错综交织成一片。一直往南走，走过开发区，再往前走几百米，你就会看到那曾经熟悉的菜地，在后面就是低矮的瓦房，没有人居住，一片冷清。偶尔有几个老头在乡间走来走去，脚步匆匆。这个地方属于待开发的二线，在城郊接合部的地方，已经有大型货车在两地之间奔腾，路周围的花草被挑起的灰尘盖得灰蒙蒙的，路面下雨的时候泥泞不堪。小镇的房价也翻了几倍，除了当初来租客的大学生，还多了一些新鲜的面孔，比如劳务工，农民工，自由职业者。

这些人来的时候都是提着大包的行李，三五成群或者孤身一人。在车上，你随时都能看见他们的身影。他们一边不停地换着长久站立的姿势，一边好奇地打望这座陌生的城市。

他们的表情和我们当初毕业时一样，同样是充满期待、茫然，还有眼神里的兴奋。每个人的生活，就要从他们此刻落地的城市正式开始，无论是幸福还是痛苦。

小小的一座城，汇聚了全国各地的人，你能听到很多人操着不同的口音，穿着不同的装束在城市之间穿行。这些人生活、打工、行为无不证明这就是城市多元生活的真实写照，真实意义上的都市雏形也就是如此吧。

几年之后，我搬到了另外一个地方，我后来住的地方周围也有了一些高楼，但好在我阳台这边因为地势高的缘故，没有怎么动，从我的阳台望去，目光毫无阻挡，除了郁郁葱葱的树木之外，在目光所及的范围之内还可以望到江水，更远处，在天空晴朗的时候，还可以望见东北方向的山峰，连绵的痕迹若隐若现。

我们小区的门口，开了很多家餐馆，饭菜实惠，美味可口，差不多有半年的时间，我上班很忙，经常加班，吃饭的时候基本都到外面吃。那时候我习惯去一家名叫川菜厨子的菜馆，里面有一个长相清秀的姑娘很耐看，每次看到她羞涩单纯的样子，就让人想起她的长相颇像一位欧洲画家笔下的古典少女。

她和其他服务员不太一样，很少说话，即便是说话也常常是点到即止，不肯多说，我猜想她多半是来这打工的学生，因为赚学费的原因才来到此吧。半年以后，我就再也没有看到她，也许是上学去了，或者是嫁人成家，生活尘埃落定了。餐馆的服务员变动频繁，常常是几个月之后又来了一批新面孔。她们都是朴实的农家姑娘，除了年轻的资本外似乎也没有其他技艺，我想，她们在餐馆里面打工也算是比较好的选择，干个几年挣点钱，然后就可以做点小生意之类的来养活自己。

　　唯有变化永存是真理，变化无处不在，正如我以前工作的小镇，现在所住的小区。小区外面的餐馆换来换去很是平常，旧的不去，新的不来，既然这些事物每天都在不停地发生变化，那么势必会影响到每一个人的生活。对他们的影响无论好坏都有着直接或者间接的改变。任何人也不例外，包括我，几年间，城市巨大的变迁深深地影响了我的生活，小区之外，我想，应该变得更快吧！

# 「男人如茶，女人如水」

男人如茶，其生命的韧性应有天地的本色，应有坦荡的胸怀和眼界，无论置身于何种境地，生长在草莽风野，还是平坦大地。都要有一种经历，一种体验，一种成长，对于男人而言，苦其心志，劳其筋骨，饿其体肤，承受无情的历练方能在残酷的岁月中挺拔成才。

无论是风霜雨打，还是坎坷磨难，为人都应该有一种云淡风轻的淡定和从容。茶树在酸性的土壤之中，深深扎根，几经风雨彩虹，读遍天地间所有阴晴颜色。在四季更替的路上，不断脱胎换骨，抽枝拔节。一路时光，茶树历经风雨侵袭，霜冷寒冬，终于到了成熟可供采摘的时刻。

当它们被一双双纤细的手指摘取，回味无穷的醇香在沸水的缠绵之下，猛然翻滚。茶的口感、香甜，便在岁月的发酵下散发出来了。

从一个苗子长成一棵茶树，这期间的生长过程是漫长辛苦的。从嫩芽的初生、茶叶的采摘到成品的茶叶，要经历多番工序，从加工、清洗、晾晒到烘烤、制作，每一个过程都是一次历练，每一道工序都是一次提升。茶叶是天地间的精品，汇聚了日月的精华，吸取了天地的灵气。从枝头摇曳的鲜嫩茶叶到茶叶盒子中的熟茶。茶叶裹挟着江南的春风细雨，带着山水相依的古朴灵秀，混合着清醇回味的气息款款而来。其品性，已经成为君子的符号。

茶树有男人一般的坚韧，当狂躁的暴雨席卷而来，倾盆而下。茶叶在风中并不是沉默的，而是将根扎得更深，它们在雨中保持着一种昂扬向上的姿态，尽管有狂风的怒吼威胁，它们却始终挺拔着脊梁，绝不屈服。

男人大多爱喝茶，在我们四川大多数地方，无论是县城或是乡镇，都有茶馆。茶馆之中又以男人居多，打望过去，一派热闹的景象。靠近其中，热热闹闹，交谈甚欢。大城市就更不必说，茶艺会馆到处都是，你能在那里看到形形色色的事业型男人，他们谈吐亦是靠近茶叶的品格，不慌不忙地交流。

喝茶谈生意已经成为当下常见的方式，茶叶仿佛是专门为男人而生，为生意而生，似乎只要有了茶，一切都有条不紊且充满了乐趣。谈话的气氛也在茶水清香的烘托下，渐渐打开。

喝茶有一个很好的词来形容，叫品茶。有的人品茶品出了境界，能在一瞬间想通很多事情，把茶叶的品质和成长的过程渗透到自己的生命纹理，注入自己的灵魂内核，对人生的感悟便上了一层。

也有人喝茶只是因为口渴，因为不喜欢喝饮料，所以喝茶，茶对他们这些人而言，只是一种解渴的工具，只是一种生活的点缀。也许是因为工作忙碌的原因，他们并没有停留下来仔细地想一想茶为什么叫茶，茶为什么会有苦味回甘的味道。还有的人喝茶，只是为了所谓的面子，茶那时候成了一种装饰品，看我买的茶，茶的身价，似乎就是我的身价，茶于是被明码标价，变成了一些人用来标榜自己的手段。因为茶，有些人铺张浪费，极尽奢华，茶的品性便被彻底颠覆。

男人当有茶的思维，茶水开始是苦涩的，男人开始都是艰苦的，慢慢的，只要熬过了坎坷和挫折的打压，熬过了生命中最苦痛的部分，他们就会回甘，就会成长、成熟、成才。

女人是喜欢沸水之后的茶，但不喜欢泡之前的茶。泡之前茶年轻，不懂事，一穷二白，没有事业，辛苦卑微的打拼，只为了能够将人生泡成一壶好茶，有的人把自己泡成了一壶好茶，有的把自己的茶泡砸了，没把自己泡成好茶的人自然是被女人看不起的，她们会一遍一遍地拿别的男人做以对比。

男人功成名就的一刻就是茶叶散发香味的时刻，因为煎熬他挺过去了，大火的烘烤，无数次翻炒，无数次转身，都必须有一个过程。过程坚持下来了，成功也就不远了。茶叶是有故事的，茶叶里有岁月的痕迹，茶叶里有曲折的经历，茶叶是有精神的，茶叶有奋斗的过程，有抗拒挫折的勇气，有山风雨满楼的淡定和从容。每个有故事的男人喝茶就会喝出自己，茶叶在沸水之中慢慢撑开棱角，一些人和茶叶一样，慢慢地会把故事讲出来，有时候是独自呓语，有时候喝一杯痴情的水。茶叶的水就好比女人，有的女人能悄悄地走进茶叶的心里，听茶叶的故事，给茶叶以温柔、感动、温暖，用柔软的吻亲近茶叶本身。

所以一杯好茶，一定要有好水，这水一定是充满灵气，这水质一定是品德俱佳的。因为男人如茶，女人如水。

茶水，是茶和水的组合，茶水可以是一个家的代名词，茶水的交流环境、场景，都变得很重要，茶水又是一种巧合，茶才出来就碰到了一杯清澈的水，富有营养的水。时间的分寸掌握得很好，味道便有了质的飞跃。茶水都是互相试探的，开始的交流就显得很重要，一旦适合，便会开出爱的至高清香。

　　每一个时代都有茶，每一个时代都有无数的故事在上演，在我们的身边，因为有茶水，因为有男人和女人，因为有缘分，因为有人生，才能在滚滚红尘中上演一段又一段难忘的倾城之恋，才会无数次的千回百转，流连忘返。

# 「记忆的念想」

## （一）

我住在七楼，站在阳台上，便可以眺望远处的山峰，除了远处的山峰和近处的田野，以及头顶上的天空，似乎再也看不到别的什么。窗台上掉落了几片叶子，我把阳台上的叶子捡起来，摊开在我的手心，琢磨着它们究竟是来自哪一棵树，到底是从树的怀里不辞而别，没有征兆的被风带走潜逃，还是告别了母亲的叮咛，飘向遥远的地方，路途之中意外搁浅。

一只鸟儿从我的眼前飞过，顿时我懂了，是鸟儿筑巢把这些树叶衔到这里。几天前，有几只鸟儿站在我的阳台上叽叽喳喳聊天，满是欢喜的样子，我和这些身姿矫健的小鸟隔着一层玻璃，透过一个小小的缝隙，便能看到它们交谈的姿态。窗外与我像是两个世界，我坐在床头，隔着玻璃，仔细地看它们的表情，它们似乎没有注意到我的存在，一举一动尽显青春欢快的本色。

这些鸟儿隔三岔五会来我的阳台上待一会，叽叽喳喳聊天，这里似乎是它们的一个乐园，这些天，我看着它们在我的阳台上踱步、交谈，看它们"嬉笑唱歌""梳妆打扮"，就想起家乡老院子的屋角也有一个鸟窝。

童年时候，我曾经仰望天空，羡慕鸟儿可以在天空自由地翱翔，追寻自己的生活，多么惬意，多么舒心。毕业之后，工作在城市，便很少看见鸟窝。偶尔回到故土，走进院落，却发现很多曾经的模样都已物是人非，村头的石碑还在，小路还在，却已经没有了当年的人气。剩下的也多是老弱妇孺，故土的院落里，浓密的野草和藤蔓长得肆无忌惮。

车子快速地从我身边驶过，我开得很慢。有一阵子，我将车停下来，探出头，拿着自己的手机拍了一张老屋的表情，它们在我相机里显得熟悉又陌生，尽管用了美颜，但拍摄出来的照片却还是刺痛了我的眼睛，没有了人住的房子，便缺少了一种热闹的氛围，一切都显得很荒凉，很压抑。

我是一个十分留恋故土的人，从小到大，每次离开都会拍一些照片，每次翻看不同时间的照片，总会触动我内心深处的柔软，那种感觉很难用一个恰如其分的词来表达，只是觉得心里很空，空的让我感觉很生硬，很无奈。

家乡的老房子，历经岁月腐蚀，有的已经垮塌，剩下的满是凌乱不堪，很多人为了生活打拼离开家乡，在外却无时无刻不想念故乡，对于他们来说，故土的一切已经融入他们的血液，因为浇筑了某种情感的寄托，所以才会难以割舍。

# （二）

从两年前开始，这个城市的道路便以一种翻裂的姿态开始修整，路面被挖开，施工器械开进开出，就像是手术刀一样，割开大地的皮肤，然后重新铺展石料、浇筑、缝合。我蛰居的这一陋室，每天都在轰鸣和震颤之间摇摆，气味从十几米之外开始猛攻我的房间。

因为噪声扰人，我选择待在学校的房子里，那是一处十分僻静的乡村之地，安静，蛙鸣，所有原生态的存在都展露无遗。蛰居在此，心境恬淡。远处便是大片大片的绿荫，此时我站在寝室内的床边，看到这几只鸟儿再次光顾我的阳台，看到它们欢呼雀跃的样子，我的内心竟然升起了一种莫名的感动，所有的美好似乎都在这个时刻被点燃了，发出柔和的光，让我的心里温暖得一塌糊涂。

很快，我就发现，鸟儿之所以来我的阳台，大约是与这里有很多好吃的零食有关，我这人平时喜欢做菜，所以食材备得比较充足。由于空间狭小，加之做菜取用方便，因此菜常常放在阳台水池的旁边。除了鸟儿，还有老鼠也经常光顾我的寝室，我时常能在半夜听到它们窃窃私语，对我的美食图谋不轨，一些碎裂的花生便是它们作案留下的痕迹，而带不走的碎屑往往又成了这些鸟儿的饵料。

我煮的很多菜都是从田野里采摘而来的，新鲜可口。鸡蛋、大米和花生则是从家里带来的。父母从老家给我带来了一袋大米，说是自己的谷子打的，没有添加任何色素，吃着放心，花生是自己种的，全是优良的品种，上课累的时候就可以煮熟磨花生浆来喝，土鸡蛋则可以补充营养，这些花生我一直放在阳台上。还没来得及吃，没想到老鼠和鸟儿却捷足先登。

（三）

每次回乡，带得最多的便是亲戚送的农产品，农村的菜保留着原生态的风姿和味道，充满了野性而纯粹的气息，很多菜因为很少施加农药，所以品相难看。亲戚说难看归难看，但这样的菜才叫绿色食品，吃了对身体好着呢！我推辞不过，便收下了，想着是亲戚的一片好心，工作之余做做菜也挺好。

一群鸟儿在天空中飞翔，搏击的姿态充满着狂欢和洒脱，还有一些鸟儿，在乡间的田野里觅食。在不同的地方啄食，也就意味着不同的生活方式。有的鸟儿靠天吃饭，走一处吃一处，在短暂的生命里似乎想要探索世界，还有的鸟儿就在一个熟悉的地方，淡淡生活，闲适欢乐。

我有时候会做梦，梦见我是一只鸟，不同之处在于，我在天空飞翔的时候却难以忘怀家乡的故土，按理说，飞翔是一种搏击的姿态，似乎更应该被肯定，但一路向北的远离，却让我的心又开始纠结。我不知道该用什么样的词汇来形容，我无法解释我内心的忧虑，也许所有的烦恼全在于我这个尴尬的年龄，而立之年，所衍生出来的这一份无法言说的孤独，这份孤独又远远甚于肉身的饥饿和痛苦。外面的一只鸟鸣，就会让我想到一些固执而又严肃的生命问题，站在窗前，仔细地听，你甚至会听到它们飞翔振翅的簌簌声，就会想到自己的人生。

## （四）

翻开那些记载岁月的文字，依然有一种感慨。岁月虽然无情，但人生的路上还是要学会珍惜，干一行就要爱一行，时光无情，更需负责的人生态度。作为一名教书几年的教师，有奉献也有收获，教书中虽然有的学生不听话，但当我看到孩子们纯真的笑脸，看着他们目不转睛、津津有味听着我在课堂上上课时，那种发自内心的幸福感却让我十分陶醉。那一瞬间，我被深深地感染了，那一刻，我才明白了人生的价值所在！

每一个学生都是一颗善良纯真的种子，我看着她们发自内心无邪的笑容，我自此相信，无论生活有多少烦恼，无论现实有多少波折，人世间的美好和幸福始终是存在的，生活中不是缺少美，而是缺少发现。

你去追求什么，你去靠近什么，你去思考什么，你就会得到什么，你就会成为什么，你就会收获什么，如何对待自己的生活，如何选择自己的道路，会决定你人生的走向。

有时候想，人在世界上的确是渺小而卑微的，虽然无力去改变一个世界，但这世界的美好却是可以自己浇筑和打造的，无数人用点滴之爱，传递爱心便可以汇聚大海。人活着就应该有存在的价值，虽然生活时常带你走进曲折艰辛的坎坷弯道。种种猝不及防的烦恼偷袭你的美好，但人生短暂，不必为这些小事浪费自己的精气神，陷入泥沼。

每一个日子，都应该过的温馨而浪漫，即使有些细微感伤，也可以自己选择滤掉。

# （五）

在六个月的时间里，我几乎每天都按部就班地从一个地方走过，那里其实是一个荒废的村口，稀稀拉拉的房子，还有一些沉默的石头，路面上铺满零散得不成规则的苔藓植被，那条路不长，约莫两百来米，穿过那条小路，就是宽阔的迎宾大道。每天早晚我都从这里经过，脚步匆匆，从来也没有仔细窥探过它真实的脸庞，有一天，我朋友要随我到家，我便带她从此地路过，她一到这个村口，便停了下来，说这是一个很有沧桑感怀旧感的地方，要用相机拍几张照片留念。在给她照相定位的时候，我才仔细打量这个无数次走过的村口。

照完之后，我开始环顾四周，周围一片寂静，偶尔有虫鸣的蛩音。村口的左边有几间老房子，走近一看才发现是历史的遗迹，一排墙上还赫然写着磨谷坊。右边则是一些凌乱的树，在房子的后面居然还有一块空旷的地，想来多是晒谷子用的坝子了。坝子有些年头了，佐证的便是那数不清的绿草，已经快有半截身子那么高了。草势正好，却生出一片荒凉，想必多年以前，这里也肯定是热热闹闹的欢声笑语，乡亲劳作归来的唠嗑之地。平整宽广的坝子正好休息。

我站在坝子的中间，心中生出茫然若失的感觉，突然就想到了故事，也许多年以前，有一对夫妻就是这磨谷坊的主人，一边磨谷，一边过着自己平淡悠闲的生活，屋后的这个坝子也许就是他们劳作的场所吧，在坝子的外围处，还有一口老井，井口已经被草覆盖得严实，若不是走近看，根本不知道这井的存在，一口井，一块坝子，一座经历了岁月洗礼的房子，构成了独特的历史遗迹，充满了岁月的味道。

村口这个地方，离城市也不远，姿态却像一个冷眼旁观的老者，村口这个地方的草长得是很随意的，是一种原生态的存在，并没有城市道路两边的整齐划一，这些凌乱的草，和城市的绿荫比起来显得那么的另类和顽劣，这是一个被时间遗忘的角落，因为它不那么重要，因为它不那么具有开发价值，所以才在城市的边角存在着。看着村口，心里的烦躁会慢慢沉静，自从发现之后，我再路过此地的时候就不再那么行色匆匆了，而是停下来，打望着村口，所有的焦虑在站定的时间里一点点变淡，一点点远去，一点点散开。村口人迹罕至，除了我，似乎没有更多的人来这里，只有我独自一人，在村口散步，独自走来走去，追寻时空的回音。

# 「人生活法」

　　人生在世，都要选择一种活法。无论选择怎样的活法，都离不开为人处世，人情往来。

　　而人在社会之中多多少少便会与名利牵扯上一些关系，诸君为名利牵绊，困顿于心，难以排遣，心中滋味，愁绪万千，每当心中郁闷之时，便可以去一些地方看看，洗涤一下内心。

　　首推之地就是医院。人生在世，几十年的光阴，免不了生病。生病是每个人都要经历的，青年的时候，感觉自己精力充沛，也偶尔被一点小病困扰。那时候的我们，对明天永远充满激情，豪迈的人生就在我们面前展开。但只有进了医院，才发现生命的渺小和脆弱，原来平安健康地活着，其实是一种福分。当你九死一生，从病魔当中赢得了生命的筹码，你才体会它的珍贵和不易，当然，并不是每个人都有这种感悟，有的人进去之后就再也没有出来，有的人被宣判死刑之后却又大病痊愈。医院是距离地狱最近的门槛。很多人进医院，都是抱着恢复健康体魄的心愿的，当你从病房中苏醒，推开房门，一缕阳光照进来，你会明白很多，尘世间的温暖再多都抵不上能呼吸一口新鲜的空气。

　　进了医院才明白钱财乃身外之物，生不带来，死不带走。所谓的荣誉和虚名已经完全被丢在一边了，疾病不会因为你是名人、你是富人就对你网开一面，当你病了，窗外飘洒的雨会让虚弱的你成为一个多愁善感的诗人，你会想起很多雨水与人生的比喻。这雨水这乌云这弥漫的阴天多让人顾影自怜，哀叹感伤。

　　这个时候，你会豁然开朗，在这个世界上，只有身体是最重要的，是的，丢失了健康一切都一了百了。进了医院大病初愈的人醒来定会带着感动和幸运庆幸自己获得新生，出了院的人，对名利不会再那么执着，活得好好的才是世界上最重要的。

　　然后就是监狱了，监狱这个词是人们最不愿意面对的词，认为它晦气，让人难堪。虽然说那里也是一个地方，但没有人愿意去，去监狱的那一截路上遇到的行人都是低着头的。似乎是自己不好意思，明明是探望亲人，却感觉自己罪孽深重。人只有去监狱看看，才会看清楚自己的行为，才能慎重考虑自己的所作所为，贪婪欲望所结下的苦果。

　　新时代中，经济力量在社会的各个角落里全面显现，自古以来，就有"穷在闹市无人问，富在深山有远亲"的句子，说明追求金钱和欲望是一个人无法回避的属性，这世界上有那么多的诱惑，有着那么多深不可测的欲望。欲望适可而止本无可厚非，但一旦越了界，后果就很严重，首先品尝的苦果就是关在高墙之内，失去人身自由。

　　监狱是关闭极少数违法犯罪之人，给人改造忏悔的地方，一个人应该自觉的遵纪守法，即使做不到一个好人，也不能做一个坏人，常去监狱看看，会让你警醒，不然，走错了路，没有停止，反而一错再错，错上加错，就后悔无穷了。进了监狱无论你痛哭流涕，还是铁窗悔恨都无济于事，失去人身自由的滋味可不好受。

第三个要去的地方，估计大家更觉得晦气了，那就是我们人生最后停留的地方，火葬场。

无论是岁月结束了生命旅程还是说天灾人祸，无论是伟人还是平民，无论是穷人还是富人，最后都会面临死亡，进出之后，瞬间就不复存在，灰飞烟灭。无论生前是多么的有钱，有地位，有名声，在那之后，一切都将清零，骨灰悄无声息和泥土混为一体。人在世的时候不能说就拥有了一切，不过可以肯定地说，人死后就失去了一切，人生无常，我相信很多人都有这样的感觉，身边的某一个亲人或者朋友，前几天还是好好的，甚至你还跟她说过话，转眼间，也就是几天的时间，那个人就已经告别了凡人世界。

人生无常，过好日子才是最重要的，生前忙碌一生为了挣钱拼死拼活，透支身体，那又有多少意义？面对死亡，我们毫无办法，死亡是每一个人都不可避免的。泰戈尔说，人应当生如夏花之绚烂，死如秋叶之静美。活着就是要体现生存的价值，就像《生与死》当中所说的：我们应该使自己平凡地生，却能伟大地死；在母亲的阵痛中坠地，却能在千万人的哀痛中辞世。既然谁都免不了一死，何不活的轰轰烈烈，活得快乐一点，有价值一点。珍惜自己，也珍惜别人。去这些地方偶尔看看，你会看透很多东西，你会明白，很多追名逐利的行为其实没有多少意义。

四季更替，年华似水，生命是短暂的存在，细想之下，如果这短暂的生命却还要被琐碎的小事所牵绊，被地位、金钱、权力捆绑成奴隶，多么可悲啊！

# 「写作二三事」

待在学校的阳台上，温暖的阳光从树木之间的缝隙倾泻下来，给人以甜蜜之感，风细细游走，像是在呢喃。秋天来临之后，平日里都是冷峻肃杀的气氛，难得有一天天朗气清，温暖柔和的太阳让人有一种穿越时光，昏昏欲睡的感觉。

坐在躺椅上，仰着头望去，天空是爽朗的蓝色，像海洋的深邃。周围几棵常青树生机盎然，一切的生命律动都展现着青春的风姿，完全看不出秋季的荒芜，微眯着眼睛，回忆便在记忆中翻腾。

我知道时光已经跟风而去，所有的故事都沉入回忆里面，无论是欢乐还是悲伤，无论是喧嚣还是沉淀。时光埋藏了很多东西，我们一边踽踽独行和时光照面，一边又在不断地和时光擦肩而过。只有回忆似乎永远都存在，回忆就好像是我们的旧识。它一直都在我们身后，只有当我们闲下来的时刻，叹息时光无情如流水的感慨时，它才从我们心中涌出来。生活试着叫你懂一些东西，叫你相信一些宿命。回过头，我们总能在时光的缝隙中找到些许绵长的感动和温暖的琐碎。正是这些，才让我们在无数挫折和打击面前能够继续前行。这些回忆，文字便是最好的证明。

父亲和母亲对我说，一定要好好生活，好好写作，既然自己喜欢，就一定要坚持下去，坚持自己的爱好，也算是一种成功。堂哥是我们家第一个考上大学的，他读高中的时候，是要到离家几十公里的镇上去上学，为了节约钱，他没有选择住校，每天都是披星戴月，早出晚归，那时候伯伯的生活本来就很艰苦，家里的孩子又多，堂哥属于老大，除了学习之外还要帮助家里干农活，因此能保持学习不掉队，是花费一番精力的。

在我看来，一边是干不完的农活，一边还要念书，简直太难，因为一心不能二用，但堂哥似乎是把这两者拿捏得恰到好处，他的成绩一直很好，最后也是如愿以偿地考上了大学，这让我们受到了震动。小时候，堂哥来去都是急匆匆的，飞快地跑回来，干完活之后，又飞快地跑回去。每次回来都是一身大汗，夏天还好，冬天，天气冷，冷得外面都结了一层冰碴儿。只要一停下来，浑身上下都冷得发颤。

堂哥以身作则努力奋斗考上大学的事情，给了我极大的震动，此时不努力，更待何时。从那以后，我对自己说，一定要考上大学。

小学的刘老师，是我人生写作的第一个领路人，他为人处世的胸怀和真诚无私的品格，以及对文学写作的热爱深深地影响了我，在发现我对写作感兴趣的时候，他一直带我参加各种研讨会和交流会，甚至帮我修改文稿。对我的写作，他都细心教导，还有我初中的谢老师，学富五车，治学严谨，修改作文非常认真，这些人都是我灵魂的摆渡人。我仿佛转眼间，从一个牙牙学语的小孩就长成了一个伟岸的男子汉，时光如梭，所有的一切感觉做梦似的。

在文学这条路上行走了十六年，这是我没有想到的事，我更没有想到的是，我居然把文学写作当成了人生当中的一个重要的追求，有时候我问自己，为什么要写？为什么要当作家？按理说作家这个高大上的事情与我来说应该没有多大关系，因为祖辈都是典型的农民，也没有什么作家基因遗传，按照我爷爷他们以前的说法是，书都没有读多少。我出生在农村，农村的孩子接触的世界无非就是耕地，劳作。面朝黄土背朝天的干农活，播撒种子，辛苦劳作，等待收获。

小学的时候语文成绩不算特别好，作文那时候也没有什么过人的天赋，农村的孩子能吃饱、喝足、穿暖已经是一个很奢侈的愿望了，所以要说到课外书那基本上很少，在农村的家庭民居里面，你要找到几本课外书，很困难。

不过好在这只是短暂的，后来我跟随父母打工外出求学，换了学校，自那以后，我接触了大量课外书，那时候还不知道文学这个词，就读的那所学校位于开发区，属于那种中外合作办学的联合小学。上小学的几年，我所接触的课外书籍大部分就是学校的图书馆的藏书。刘老师那时候正兼职学校图书管理员，也许是我看书的样子引起了他的注意，他总喜欢带我去图书馆看书，小小的年纪接触的文字都不是太懂，也许是那些文字所构造出来的独特世界吸引了我，我开始喜欢上课外书并陶醉其中了。

到初中，我已养成了看书的习惯，时常为书中主人公的命运一喜一悲，记忆尤深的是余华的《活着》，福贵的韧劲让我十分着迷。那种植根现实的坚强和乐观感染了我，面对命运的坎坷和无常，需要怎样的精神才能度过那些黑暗的日子？后来看一些书，不甘心一些人物的命运如此惨淡，就神经质的想用自己的笔来构筑一个属于自己想象的人物情节，因此我不自觉地拿起了笔，开始了我的写作。

　　能坚持写作的另一个原因我想就是缺少朋友吧，那时候的我朋友不多，青春里的烦恼和忧伤，迫切需要被排遣，写作便成为一个重要的突破口，相比和人交流，自己更愿意倾听自己的内心，凌空一现的很多想法，在夜深人静的时候，都可以用文字记下来，文字带给你的放纵感，能让你上瘾，感觉什么都不如文字来得舒坦，可以我笔写我心，我心铸我真。

　　文字对话的过程便是洗涤灵魂的过程，写作可以构建一个属于自己的世界，在这个世界里，我就是我自己。可以安安静静地住在一片美丽的菜园子，喂养一群鸡鸭，种上几株桑麻，栽上几枝野花。过一种随心所欲的生活。

　　走上文学这条路，并不一定能够改变什么，它既不能带给我锦衣玉食，也不能带给我豪车洋房，但却能影响一个人的生活。写作诚然是孤独的，是寂寞的，但写完之后带给我的快感和喜悦又是任何东西替代不了的。工作疲惫的时候，抽空写点文字，跟自己聊聊。谈谈自己的想法，倾听一些内心真实的声音。这样挺好，杜拉斯说，写作是对时间缺席的挽留，是在河流第三条岸上寻觅出口。我们在尘世间孤寂、狂傲、不安的灵魂，渴求在写作里被施洗、被安抚。人世的一切像流水和时间在不断地丧失。我们独坐世界一隅，艰辛写作，在河流上寻觅。写作，是为了发现通途。我们要用写作的光，烛照自身的孤独和黑暗。

　　当我们回过头的时候，回想一路走来的写作历程，内心应该是丰盈而充满感动吧！

# 「清"心"若在，梦想散花」

　　一直很喜欢泰戈尔的一句话："愿生如夏花之绚烂，死如秋叶之静美。"做一个平凡的人，但求思想如泰戈尔般不平庸。保持一颗清心，梦想便会散花。

　　走过岁月的春秋，生命总是匆匆的过客。在时光的记忆里，写一些淡泊如水的闲散文字，告诉自己，让心灵的文字轻舞飞扬在平淡中，也是一种人生境界。

　　心就是梦，清"心"则是一朵绽放的花。它远离喧嚣的岸，收敛着别透的花瓣、幽婉的芬芳。伫立成一茎明澈的纯真，摇曳为一抹恬然的淡泊。它舒展着娉婷的笑靥。仿佛一首云淡风轻的小诗，又如一曲蓝天碧水的乐曲。它是一朵池里的青莲，任由红尘万丈，我自纤尘不染，诸邪不至，只静看清水一脉脉地划过如烟岁月。

　　保持一颗清"心"，便能延己及人。就能洞穿黑暗，直抵灵魂，砸破狭隘的锁，开启心与心的信赖与共鸣，既善待自己，也善待他人，用善意的微笑和言语来温暖彼此。不要妄自捣毁稚嫩的希望，不再断然冻结真挚的情谊，少些倔强与仇恨，多份宽容和体谅，自然会坐拥点点滴滴真善美的记忆，消融悲伤、化解懊恼，让生活一寸一寸地灿烂开来。

清"心"若在，梦想散花，有一颗清"心"，距离梦想的路上便又近了一步，谁也不是超脱凡事的圣人，这世上有太多太多的欲望。纠缠着我们这些饮食男女。如果没有清"心"，一双双赤脚只能在邪念的泥沼中无法自拔，清"心"给了人们纯情的眼眸与金贵的救赎，从容地将一切阴霾与不幸摒弃。禅意地播种阳光和雨露，淡定地收获快乐的果实和幸福的花丛。

心怀纯真，便拥有不老音容，芳龄永驻。水流不争先，滋润根本，何妨零落成尘。悄然做真诚好人，细行实在好事，欢度平凡的好日子，以清"心"对待所经历的一切，不怨天尤人、不自暴自弃、不妒忌怨恨、不嘲笑排挤……清"心"可以让坎坷变成前行的垫脚石，也能使疏离结为兄弟。把清"心"栽种在心里，即便时间在我们额上犁满辄痕，也会获得生命的繁荣与蓬勃，宛若永恒的春光、不落的星辰。你不必斤斤计较，不必处心积虑，而是时时享受风清日朗，刻刻健步柳暗花明，衾影无惭屋漏无愧，宠辱不惊衰荣不扰。如此明净心路，定将行得海阔天空，赢得不老芳华。

让心返璞归真，是人性的虔诚。哪怕只是一句真诚的问候，哪怕只有一个体恤的眼神，都会使我们在百转人生中获得绵长的感动与温情的停留。而泛滥的邪恶与麻木注定会冲垮道德的堤防，伤人的同时淹没自己。

让我们的心一路轻舞，从容而优雅。我们相信：清"心"若在，梦想散花。

# 「追忆似水年华」

　　有人说，一个人如果喜欢上了怀旧，那就说明他老了，但我却不这么认为，怀旧是一件赏心悦目的事情，因为可以从过往的岁月经历中捕捉到人生中美好的细节和快乐。短暂的生命旅途之中，怀旧算是一种追寻。它们是生命之中美好的音符。

　　有一些细小的事随着时间的旋转在岁月的年轮中更加清晰。

　　比如公共浴室，现在很少看见了，十几年以前，我就和父亲一起进过公共浴室。

　　公共浴室的位置处在居民楼的空当之处。那是一栋两层的小楼，进门之前，首先要买票，然后掀开遮挡里间的厚实的红色帷布。进入里面，里面有三间屋子，最外面便是我们常说的换衣间，靠近墙壁这一侧整齐地摆放着衣柜格子和长方形的小床，空气中弥漫着淡淡的水雾。

　　浑浊之中有种香皂的清香味跑进鼻孔。

　　我站在小床边，边脱衣服，边整理自己的洗漱用品。顺便环顾了一下周围的环境，因为不是周末的缘故，所以洗澡的人不算太多，只有几个成年男子在里面泡澡。父亲带我进去，让我先去澡池泡一下，我用手试了一下水温，感到有些发烫，不敢下去。父亲见我犹豫不决，便劝说我到东边的角落里去，那里远离热水管，所以水温比较低一点。

池子是大理石修建的，方方正正，很宽很长，我在里面可以游一个来回。池子边沿很光滑，摸上去湿漉漉的，父亲用水冲了之后，便招呼澡堂的工人为他搓背。工人是常驻澡堂的，搓一个，收取十五元，那时候这十五元可以买很多东西。父亲搓背的时候，工人很用力，水雾热气蒸腾，除了能够听见很有节奏感地敲打和隐隐约约可以看见一个人影之外，其他的都看得不是很清楚。

池子里的热水是蓄满了的，池子的顶上有一盏小灯，或许是用的时间比较久的缘故，所以小灯显得比较灰暗。

看到一本书上说，人与人之间，除了面具之外，其实都是一样的。这话有一定道理，我在澡堂的时候，见过一些洗澡的人，有的人浑身雪白，皮肤细腻，这类人一般都是有稳定工作的，生活得比较顺风顺水，基本上没有多少操心的事情，还有一类人皮肤黝黑，脸上带着一点沧桑，这种人一般都是做小生意的市井小民。这两种人在一起洗澡的时候，颜色反差很明显，显示出他们各自生活的轨迹。我当时在池子里面泡澡的时候，里面有两个胖子，身材很壮，大肚皮，悠闲地躺在水池中，占的位置很大，周围的几个人都不敢过去，而是挤在一团，那个年代的人，长大肚皮说明生活过得很好，我猜他们多半是个厨师，就是那种弄东西吃的。

父亲擦好了身子之后，感叹很舒服，问我要不要擦，我说不用了，我自己在水里面洗一下就可以了，他似乎不放心，担心我洗不干净，于是过来帮我擦身子。我只好任他在我的全身上下摩挲，父亲到底是下力气的人，之前我没洗出的污垢，在他的劲道之下，污垢像一条绳子一样滚动、脱落，身体搓完之后，我到水管下面冲洗。

洗完之后回到更衣间，便有热气腾腾的开水和毛巾递到手上，每个人一条。父亲把毛巾摊开，然后裹在身子上面，悠闲地往床上一躺。翘着二郎腿，开始和周围洗好的人唠起嗑来。

我也学着父亲的样子把毛巾裹好，躺在床上，那种清爽的舒服感简直太妙了。

洗完澡之后，浑身的毛孔都被疏通了，感到从未有过的轻松和愉悦。

躺在小床上，不一会儿睡意就来了。很快我就进入了梦乡。

# 「职工厂伙食房」

华丰厂是一个社区的名字，2000 年以后，我去华丰厂社区，那里已经被拆迁掉了，修成了一排整齐高大的建筑。在一些还没有完全改造的小角落，或许是没有谈妥补贴的原因，还有一些残缺的房屋立在那里，风一吹，摇摇欲坠，似乎要倒下，声音感觉十分低沉，我路过的时候还清楚地记得以前的职工厂伙食房的位置，对我而言，那都是些美好的存在。

之前最热闹的当属华丰厂的一个职工厂伙食房，每天早上，买各种早餐的人便挤得水泄不通。

伙食房的早餐很丰富，应有尽有，除了大馒头，花卷和发糕之外，还有糯米饭，米粉，以及各种肉饼。

伙食房的发糕很大很实惠，那时候才两毛钱一个，白白的，方方的。早上的时候空气很好，刚蒸出来的馒头香味浓郁，格外刺激胃口。过往的行人，包括上学的我们都喜欢在这里买吃的，买之前心里面已经无数次在脑海中想象它美味可口的感觉了。

口水在口腔里面打转，买来就大快朵颐是一件十分享受的事情。

　　伙食房最好吃的还是糯米饭，这是当地的特色小吃，早上买糯米饭的人很多，糯米饭是主打，配上火腿，香肠，折耳根，油辣椒，花生米，白糖，好吃得不得了。糯米饭那时候单卖一块五一份。能买得起的人都是城市里面的有钱人，我们这样的农村孩子只有眼馋的份，对于我们而言，只要能吃到伙食房的美食，无论是什么，都很满足了。

　　有几天我把省吃俭用的钱凑足了一块五，终于买了一份糯米饭，拿到手上，喷香，闻着就流口水。糯米饭真的很好吃，拿到手上还有点舍不得很快吃完，而是慢慢地咬，慢慢地尝。

　　那是人生之中最美味的一顿早餐，我到现在还记得很清楚。除了早餐之外，就是一些凉菜，那时候生意忙，一天之中觉得如果能吃点稍微好的就已经很满足了，全然不像现在，吃什么东西都感觉没有以前的那种香甜了。

　　记得伙食房里面的桌子，是清一色的褐色，配上茶色的花边，看着很是喜欢。很多人是买了食物就带走，也有一些人坐在里面吃，那些人都是不慌不忙地住在周围的老居民。他们慢条斯理，除了在伙食房里面吃早饭，便是约上两三个好友在里面打牌娱乐。伙食房有免费的开水喝，加上全天开放，便成了这些人的好去处。

　　这些人打牌之外就是唠嗑，东家里长，西家里短，摆龙门阵。一壶茶，一副牌，便能从清晨坐到晚上七点钟关门之后才意犹未尽的散去。老人们摆的主要是发生在身边的事情。一个点一打开，扯起来没完没了，仿佛有很多说不完的话，你会惊讶于他们的口才。

　　小时候我不懂，为什么几个简单的东西都能闲聊一下午，后来我明白了。三五之人，聚集在一起，唠嗑讲故事，消遣娱乐，确实趣味无穷。

# 最美好的时光 · 第六辑

儿童急走追黄蝶，飞入菜花无处寻

# 「青葱岁月」

　　转眼已经高中毕业十多年了，这十多年累积的岁月，不经意间就溜走了，来到熟悉的地方，熟悉的校园，看着陈旧的墙壁，无言的花园，才惊觉时间的力量之大，改变了很多东西。这种变化是无形的，不留痕迹的。当我回望我的高中生活，才明白有些事情无论怎么穿越时空，都会永恒地存在心中。

　　一直想用笔写一下高中的生活，应该说与最近的同学聚会有关，高中同学聚会的建议一提，便在群里炸开了锅。世界上有几种情感是最为浓烈的战友情、同学情和亲情。高中毕业多年，同学遍布祖国的大江南北，很难有机会将所有的同学聚在一起，小学和初中的同学，因为这样或者那样的原因，很多人都没有选择继续读书。高中同学则不一样，高中同学基本上都上了大学，毕业之后基本上都有了一个相对来说比较好的工作，因为工作过得比较自在，因此见面的机会较之于小学初中，算是比较多的。聚在一起，自然就有很多话题要聊，岁月酿造的情感在这一刻分外浓烈。大家在酒桌上畅所欲言，聊聊这些年来的经历、生活、工作，说来说去，说的最多的就是我们的高中生活，点点滴滴，丝丝入扣，深入内心。

## 校园饮食

高中时就读的学校，是我们县城首屈一指的高中。学校的饮食永远是经典的黑白配，黑白配是我们对食堂早晚饭的简称，黑指的是小米粥，白指的是圆圆的小馒头。那时候我是住校生，早上和晚上的伙食基本上以黑白配为主，偶尔有一些粉面相伴，那时候的黑米粥不像我们现在自家熬煮的那样又浓又甜。学校也许是因为人数众多的原因，也许是为了节约成本，所以黑米粥虽然称作粥，其实就是一些稀汤，粥很清，清的时候甚至可以当镜子用，照出自己的影子。而小馒头是圆圆的，带着好看的花纹。每天早上到食堂打饭，小馒头蒸好，摆成几排，两元钱可以买六个。馒头要趁热吃，稍微晚一点，馒头外面就会结上一层皮。每次去晚一点，吃馒头的必备工作就是剥皮。馒头还不能放着，我记得有一天我买了馒头回来忘了吃，结果过了两天，馒头硬的跟板砖一样。

很多东西第一次吃的时候都觉得好吃，但经常吃就受不了了，食堂的伙食一般都是老样子，炒菜也是不断的重复重复再重复。当然也有伙食搞得很好的时候，比如重大节日来临之前，食堂就会卖一些新奇的早点，所以每到节假日，食堂里吃饭的学生要比平时多，大家每天除了上课，最重要的事情便是抢饭了。一到下课铃响，同学们便鱼贯而出，争先恐后地涌向食堂打饭的窗口。食堂那时候还没有分层，不像现在，初中在一楼吃，高中在二楼吃，我们那时候的食堂整个就一层。那时候人也多，所以吃饭基本上拼的就是技巧和时间。

团结协作就显出强大的战斗力来了，跑得最快的体育尖子，每次就负责抢饭，我们就只需要负担他的餐费就可以了。因此我们高中三年，虽然抢饭的过程极为壮烈，但基本上有好哥们的帮忙，也就不存在其他问题了。

学校的饭菜久吃会腻的，校门口的路边摊便成了我们新的目标，但那时候大家都住校，学校不轻易放住校生出去，我们每次在校门口打望，卖土豆凉面、冰粉、豆腐脑、烧饼、特色烤肠之类的，把我们的口水都勾出来了，时不时的我们会出去打牙祭，想改善生活的时候就会几个同学邀约一起，征得班主任同意之后，出去吃。步骤一般是餐馆点小炒，再吃路边摊小吃，搭配上冰镇饮料果汁，对美食大快朵颐。兄弟们是豪爽的，感情也是深厚的，即便是一串糖葫芦，也是你一口我一口的分着吃。

吃腻了学校的大锅菜，再吃校外的小炒，简直是人间至极美味。此外，校外的走读生，要得好的同学，也会时不时地从自己的家里带来一些腌制的泡菜和土特产之类的，作为寝室里难得的夜宵。我记得那时候放学之后，做题做完了，食堂的饭菜已经卖完，只有喊校外的兄弟给我买一罐辣酱加上他给我们带来的泡菜，虽然吃得简陋，可是大家一起在寝室里品尝着独特的泡菜和辣酱，也算是另一种美味佳肴了。

那时候我们都住校，住校生面临的最大困难可能就是洗澡了，夏天还好，天气炎热，洗澡直接用冷水冲，三下五除二就解决了，如果是在冬天，就很难办了，光是冬天冷冽的寒风就已经让人胆战了，被窝里的温暖简直让人欲罢不能。一到冬天洗澡的兴致全无，但又不能不洗。学校有打热水的地方，但因为人数众多，供不应求，加上我们宿舍区离食堂的热水区比较远，因此往往是打不到足够多的热水。用热水洗不够，只有混合冷水，保持温热的水温，天气冷的厉害，打好的水降温也降得快。基本上洗到后面是用冷水洗了。

晚自习时光是从高中时代开始的，在初中，我们都不知道晚自习是什么，刚上高中，最不能适应的就是晚自习，学校抓考勤抓得很紧，除了早晚自习之外，还要早起做早操，早上六点钟就开始吹口哨到操场了，六点半就在操场上跑早操，天气好的时候稍微好点，冬天天都没亮，乌漆麻黑的，迎着冷飕飕的风，抛开温暖的被窝，那不得不说是一种意志的考验。初中时代基本上吃了饭，不慌不急的去上课，高中时代，天天早起，自然是睡不醒，拖着疲惫的步子忙于学习。

好在随着时间的增加，也就慢慢习惯了跑早操，很多事情坚持到一定程度的时候就会形成一种自然的状态，早上睁开眼睛，时间基本上都是六点左右，哪怕是放月假，本来想睡个懒觉，但早上还是很早就醒来，只是因为不上课，所以翻来覆去地在床上磨蹭。

高一是大综合，除了语数外，政史地和理化生都要学，课程繁多，我们的语文老师是教导主任，她要求一向严格，她是华中师大的高才生，而且因为在北方长大的缘故，所以她的普通话说得很标准，北方人的性格豪爽，遇事情较真，她在我们班上课的时候，喜欢用眼光扫射。说话一丝不苟，严肃认真，每天到班上来说的第一句话就是，同学们，耳朵竖起来……她让我们每个人准备一个本子，用来记录她平时所讲的考点和自己容易做错的地方。还会不定期地抽查我们的课本，看上面的笔记是否完整，我们都比较怕她，但因为她，我们的语文成绩也在全年级名列前茅。那时候上她的课，每个人都提心吊胆，怕被抽到回答问题，若问题回答不上，后果就很严重了，除了抄笔记之外，还要额外做很多作业。

我们在背后暗地里给她取了一个绰号——灭绝师太。现在回过头来看，觉得我们语文老师还是挺好的，认真负责，要不然也没有我们后来的几乎全班同学考上大学这样优秀的成绩。

语文老师在高三的时候成了我们班的班主任，她因为教学成绩突出，所以在整个高三年级都很有影响力。她的老公是我们的政治老师，长得比较瘦强，喜欢穿黑色系列的衣服，但人很好玩，喜欢开玩笑，课堂上上完正课，他就开始给我们开点小玩笑，活跃活跃气氛，他似乎对我们很放心，并没有严格管理我们，只要我们考试考得好，作业稍微交晚一点，他也不会惩罚我们。

他的课堂让人愉悦，听课听着很舒服，也喜欢跟我们一起聊天，一举一动都堪称经典，平常他都是乐呵呵的，很少有不高兴的时候，偶尔生气也是沉闷一下，过会就好了。

因为脾气温和，有些胆大的同学在课堂上和他开玩笑，他也不介意，谈吐之间的小知识点经常能被他信手拈来。

我们那个班遇到了很多好玩有趣的老师，现在很多老师都已经退休了，还有一些老师被抽调到了市区的中学，见面的时间本来就不多，但授课的风格却一如从前。

高中的学习相比初中来说确实是艰苦的，那无形当中的高考压力就已经压得我们喘不过气来。这种节奏在高二下学期的时候，尤为明显。高二分科之后，基本的课程已经学完，就开始了总复习。教室里面的每个书桌上都堆上了密密麻麻的书。书太多，一般是把常用的书放在桌子上，垒成一排，这是高中时代教室里最为显眼的标志。同学们就在书砌的围墙后面整天与试题决战，只有在高中，你才能体会到那种压力，天天做题。生活枯燥的时刻，我总喜欢和同桌开一些玩笑，找一些乐子，那时候流行下五子棋，一到下课同学们都在五子棋上斗智斗勇，后来这一风气蔓延到一些听不懂的课上，后来班主任有所察觉，也许是大家都厌烦了这种游戏，后来渐渐的也就不再玩了。

## 青春初恋

高中时代，是一个学生逐渐成熟的时期，也是敏感多疑的阶段，那时候的我们自然也就朝着文艺青年的头衔狂奔而去，时不时，写一首小诗，读一些优美感伤的文字。空闲的时候喜欢记一些零散的句子。

我们那个时代，普遍流行的是席慕蓉和三毛的作品。那时候的我最爱写诗，写一些华丽优美的文字，那时候的诗也许不叫诗，充其量只是一种感悟，一种记录自己心情的文字，记忆犹新的是泰戈尔的两句经典语录：世界上最遥远的距离，不是生与死的距离，而是，我站在你面前，你不知道我爱你，世界上最遥远的距离，不是我就站在你面前，你却不知道我爱你，而是，明明知道彼此相爱，却不能在一起。高中岁月中，情感犹如茂盛的紫罗兰，在风雨岁月中飘然而行。那时候的情感很浓烈，一点小事，似乎就能黑暗整个世界，感到自己千分孤独，万分无助，感到自己生不逢时，一无是处。一首诗，一首词，读来，会不断想到自己的遭遇，会不停地对照自己，感觉那诗那词简直就是为自己量身打造的一般，心里陡然生出一种莫名的惆怅。翻阅那时候的日记，一些羞涩的话语，今天读来十分幼稚可笑。我明白，在当年，它们记录的的确是我高中摇晃岁月的本色。这些简单的语句躺在我的笔记本中，过去了十几年了，它们除了颜色稍微老了些，一切都还是老样子，不知道还有多少人保留着自己的笔记本，但这些字字珠玑，留存的一些情感，是青春中不可或缺的音乐风铃。一个人对自己的无心之举，会让自己浮想联翩，会让自己的心里惊涛骇浪。同时，考试成绩不好，同学无意间话语伤人，又会让自己遭遇晴天霹雳，心情连续几天都阴雨绵绵。

　　高中相遇擦出的情感火花，严格意义上来说，并不是爱情，用爱情这个词来形容未免有点言过其实，青春中的我们，学生时代的纯真，感情一尘不染，这不关乎物质，不关乎钱财，只是心里的一种想念，一旦在心里出现，便会疯狂生长，某个人的一举一动都能牵动自己内心，那时候的懵懂相恋，源于理想之间的完美概念，终于毕业分散时候的离别。

　　无论成功也好，失败也好，无论走到一起也好，半途失去也好，每个人的心里都或多或少有一种情感的沸点，无论你愿不愿意谈，它们都真实存在。许多不堪回首的青春，许多热血沸腾的青春就这样一去不复返了。无论怎样，都已经过去，云淡风轻。无论我们走在哪里，我们的青春之中，都有一种永恒的回忆。收藏了我们那么多的喜怒哀乐，收藏了那么多的岁月风铃。高中时代的谈情说爱，在学校里是处于一种被压抑的角色，很多家长老师都不愿意让学生深陷其中，过早地陷入爱情势必会影响孩子的未来，因此也就有了很多地下活动的游击战，和老师们宿管们斗智斗勇。老师们每天都紧绷着一根弦，政教处和保卫科的老师们则在全校周围到处纠察。这种高压之下，很多人都选择将这种细腻的情思交给书信，那段时间书信本子是卖得最好的，文字因为这种寄托而显得充满生机和活力。两颗心彼此就在压力巨大的高三环境中相互鼓励，为了梦想一起努力，一起拼搏。

青春的故事从不会结尾，它会一直延续，青春的情感不会凋零，它会在心底永恒盛开。

# 「百合心」

许久没有动笔，万千青丝绕指柔。天气微寒，娇喘微微。突然想起"你"。

这篇文章写给一个精致的女孩。

名字无从谈起，我亦不知道，姑且叫她梦，喜欢小饰品，常常背着一个旅行包装一些书籍和小家什的东西，比如小镜子，小铃铛，布娃娃之类的，行走流浪，没有目的，远行告别，从来都未停止，她说她沉迷于生活体验的节奏，陶醉于万千相遇的欣喜，所以一路叮当作响，一路歌声清越。

往往这样爱玩的女生，大都疯狂，偏偏她却没有多少安全感，所以每当远行都喜欢把生活点滴记录下来，美好的家的影子在短暂的住处重新铺张。从一个地方到另一个地方，短暂停下来的时候会把熟悉的小东西搬出来握在手心。靠熟悉的味道和感觉来摆脱陌生感，慢慢地她就静下心来，白皙精致的五官就像是陶瓷，这样的女生天生就是特立独行的一类。没有人能读懂她眼神里的迷离，没有人能够洞悉她内心的温度。那种流浪是生活所赐予逃离年华和心里无助无所拯救释放的能量。

现实中的梦是一个什么样的女子，我无从知晓，就像穿越岁月的风铃来不及作响便深深沉寂。她的影子在我面前时不时地晃啊晃，就像隔着一堵厚厚的墙。弄不清楚哪一段是月亮、哪一段是太阳，只有那瞬间跑出灵动的文字才可以探得一丝蛛丝马迹。虽然很少联系，但是并不代表无关紧要。你的语言在纸张上跳舞，开的大朵大朵的，没有人能知道你的故事，你总喜欢静静地将情感付诸文字。

关于你的故事，没有多少牵扯，即便幸福也与世道无关。对我来说，你的一切那么微妙，你的故事那么澄澈纯净。偶然不经意间的问候，不经意间的笑靥，恍如春光，梦里来回旋转。竟有着千年的疼痛，万年的情伤。

我不知道是时光丢下了你还是雕刻了你，是美丽成就了你还是流浪收留了你，也许两者皆有。就像沱江河水的清波。雾里看几千踏浪，你却任取一路曲尽，叫我说什么好，语言都追不上你的步伐，万千世界都兜不住你的乖巧。

到底是谁的错，你的错还是书的错，迷恋诗经，连见"窈窕淑女，君子好逑"都心生幻想，勇往追寻。然后繁华过后你是否记得，"于嗟女兮，无与士耽"的教训，当初男子一双痴迷的眼睛竟是你放不掉的心，放不掉的情愿，放不掉的执手相依和思念。

那么多的泪，有多痛，有多浓，有多苦，不说，你一声轻叹了然。

情，难自禁。情也缘起，情也缘灭。

遇到是一种甜蜜的伤口，遇到是一种思念的折磨。

遇上了，就像是水中的鱼，明知前方危险会丢掉性命，却仍是义无反顾跑进爱情。

# 「夜色独语」

夜色这个时候最美。

我摸到了月光，身姿妩媚，一步一步走进我的眼睛。第一次触及这么纯的光芒。

心里的话来不及探出头便轻轻地掉在纸上。

夜色最懂，最懂人世间所有的喜怒无常。

沉寂许久。多年以前，心总是很慌乱，找不到方向突围。

苦难将黑夜掐的更黑，生命的火黯淡无光。

潜伏的情感，久久挣扎。

无意间邂逅了，才发现在夜来临的时候才真正地看清自己，看清自己的欲言又止，看清自己的缘来缘去……

夜晚独自一个人宁静，一些来不及撤退踩碎的呼吸，一些在时间结痂的伤口，在夜晚的沉默中最清醒。

夜晚静静的。

伫立在甜城湖畔，将心情付诸文字，一列列诗句排成行，苦涩的心事在笔记本上开出花朵。

打开记忆的闸门，提起笔写写青春，写写心情，写写人生，让心灵带着流淌的文字小憩在夜色的怀抱中。

静思，是一种习惯，读书写文，反思人生，月色做伴，夜色相拥，便忘却了生命的孤独。

我喜欢看夜色。你在天空的身姿，是伟岸的，广博的，大到无边，妙不可言。

与夜色呢喃，就是与自己的心灵对话。

夜色中的月很澄澈，很柔和。人有悲欢离合，月有阴晴圆缺，一弯月亮，在夜色中挂着，细细地看它的面容，看它的眼睛，看它的深邃，就能看到人生的旷达，看到人生的每一个过程，从变化无常到岁月无情到相聚离分。

笔记上的文字，真诚而朴实。世间人情冷暖，轻声朗读，在微风吹拂的夜晚，周围一片静谧，只剩斑驳的月光。

借你的一朵月光，勾画文字，照亮心事。

看不清世间的斑驳，却看清自己真实的面容。

# 「像甜蜜的春风一样」

在我很小的时候，我吃过一些印象颇深的零食，比如海椒糖，三角形的糖果像一朵朵小花，平时所见的海椒糖，多以红色和绿色为主，成尖锥形，吃在嘴里甜丝丝的感觉。

我喜欢睡在床上，躲在被窝里面吃，被窝里很暖和，我时常设想被窝拱起的样子是一架战斗机，而我正驾着飞机在高空自由地翱翔。透过密闭的机窗，还能够看到蓝天白云，我的座椅前后都摆满了很多海椒糖。数量很多，任意吃，我一边开着飞机，一边随心所欲地吃上一块。我抚摸着糖的皮肤，心情十分美好。落地之后，我出了飞机，司机开车来接我去上学，路途之中，我迷迷糊糊地睡着了，整个过程唯美，一觉到天亮。早上起床的时候感觉嘴巴很甜。

我曾经无数次地想象，自己开一家装满各种糖果的超市，那个超市很大很宽，无数的货架上放着我喜欢吃的糖，一排排很是壮观。我走进去，放眼一看，全是各种好吃的糖果，我想永远住进那个屋子里，这样就有吃不完的糖。

# 「动画片」

　　童年娱乐的重要组成部分。这是我直到现在都保持的爱好。

　　一提到动画片，各种回忆就如江水滔滔不断。那时候我小，上学不久。除了跟在别人屁股后面四处玩耍之外，最大的兴趣就是看动画片，那时候的电视机没有现在品种这么多，都是单一的黑白色。时不时的信号还不好，出来一阵黑白相间的雪花。

　　村上的小卖部有一台电视，每到放学时间，路过那里，我和小伙伴们都会聚在那里买点零食，顺带看看电视，小卖部的婆婆人很好，因为自己孙女喜欢看动画片，所以我们放学的时候也能看上动画片。记得第一次在电视上看的动画片是《孙悟空》，奇思妙想的情节让人目不转睛。电视里的孙悟空上天入地，神通广大，七十二变，令人称奇，以至我们都忘记了手中的零食。

　　后来小学毕业，上了初中，才有了彩色电视机。动画片就更加丰富多彩了，什么《七龙珠》《通灵王》《数码宝贝》《足球小子》。那时候国产的动画片很少，基本上都是日本系列，众多的动画片仿佛是一个永远存在的谜，有着无穷无尽的乐趣。后来被热爱动漫的同学带着一起看，就迷上了宫崎骏的动漫，觉得动漫怎么能那么好看……现在回头来看动画片，还是觉得好看，所不同的是，心态不一样了。以前看一部动画片，甘愿走那么远的路，要站那么久的时间，浑然不觉得累。而现在看动画片，总是对时间分外敏感，看一下动画片就会摸手机出来看一看，有没有人发消息，几点了。

　　国产的动画片，这几年还是实现了跨越式的发展，就拿小孩子喜欢看的《喜羊羊和灰太狼》，以及《熊出没》，我看了，虽然故事情节的设置很简单，但人物构造却很耐看。动画片不光是小孩子的最爱，连我这样的大人，也很喜欢。童年生长在农村，娱乐活动都很简单，快乐也很简单，一部动画片，都能让自己幸福满满，更别说其他游戏了，石头剪子布、砸沙包，还有跳格子、掏鸟蛋……都是记忆中难忘的快乐源泉。

# 「变魔术」

谜底需要靠自己鉴别，或者去猜测。

小时候，坝坝席坐完之后，一位大哥哥，在我们面前饶有兴致地变起了魔术。

只见他拿着两个碗，给我们看。确认空了之后，快速旋转，最后合在一起。问我们，里面有没有东西。

"肯定没有！绝对没有！空的！空的！"大家大声嚷嚷。

"没有吗？"他咧开嘴笑。

"看着啊，我数一二三，大家看仔细了。"

碗快速揭开，里面有四五枚硬币。

"看到没有，这是什么……"

我们啧啧，惊奇了，这里面真有东西啊，怎么来的？

眼睛一直盯着的，怎么放进去的？

"保密，自己回家想去。"

这个叫魔术，说明白了就没意思了。

魔术最要紧的就是快。眼疾手快，迅雷不及掩耳之势才能化平淡为神奇。

"怎么学的？"

"你要是想学，我可以教你，不过你得拿钱给我。"说完他亮出两根手指。

"两块？""不对，二十……"

我们摇摇头……

回家之后我给母亲说，我要去学魔术。母亲说那都不靠谱，都是骗人的，你还是好好学习吧，魔术就是忽悠小孩子的玩意儿。

后来，长大之后，我偶尔看魔术，总觉得人生也像魔术一样。时间就是一个魔术师，可以改变一切，恍然之间，我们就已经成家立业。

# 「胎记」

屁股上有一块胎记。

胎记是身体上颜色比其他部位特别的地方。这块胎记不仔细看还真看不出来。

几颗米粒那么大。

在孩子的世界里，一切都是神秘的。当我得知我有一块胎记的时候，不免感到一些迷茫，后来我问，"屁股上有胎记是好事？"

"好事，以后运气好，长大以后吃公家的饭。不过，有运气也需要你好生努力。"

我就这样相信了奶奶说的话，每次学不进去，每次想玩耍，都会想起胎记和她给我讲的话。

到现在我依然记得。可惜她不在了，当我知道她去世的消息时，我几乎不敢相信我的耳朵。疼我爱我的奶奶，真的就这么走了。

而今我已到而立之年，却依然时刻想起她的身影，慈祥的笑容。朴实的话语。

以前我有两个梦想，一个是面朝大海，春暖花开。

另一个梦想就是带着我的奶奶住在那里，看大海，坐游船，赏美景，吃美食。

再带她到处走走看看。

可现在，她不在了，睡在泥土里，和大地连成一体。

我时常在梦中醒来，本想习惯性地呼喊奶奶，但时间告诉我，我已经和她在世界的两端。

余光中在乡愁里面说：后来啊，乡愁是一方矮矮的坟墓，我在外头，亲人在里头。

我的奶奶，我好想你。

每当我照镜子，摸着我的胎记，我就想起奶奶亲切慈祥的话语。

# 「花语」

我家住堡坎村那会儿，奶奶喜欢在屋子后的菜园里种上一些花。

喜欢上花，是因为颜色绚丽，好看。

菜园子是竹篱笆围成的栅栏，大约有半个人高，竹子之间用铁丝连缀在一起。

夏天，院子里的花开得姹紫嫣红。有的花在一夜之间开得灿烂。

早上吃过早饭之后，我喜欢在菜园子周围转转。中午时分，阳光直射。花骨朵一朵接一朵地开了。

菜园子里常见的花多是些金银花、牵牛花之类。有细小的，也有椭圆形的，花瓣四片、五片居多。红色的、黄色的、白色的，姿态各异，分外好看。

花的颜色也有区别，有的花艳丽，诸如紫罗兰和玫瑰。有的花朴实、单纯、简单，诸如兰花。

其中一些花的颜色种类较多，像红色的花，有浅红、深红、玫瑰红。

花开的颜色和气味息息相关。

紫色花开的时候，气味是杂腥的。红色花开的时候，气味是甜酸的。而白色花开的时候，气味是带辣味的。

## 「童真不与时光老」

旷野的景色在我的眼里来回照面，然后猛烈退去。

在六月二十日的十一点一刻，我就坐在车上，跟随嘉陵江的水浩浩荡荡，横无际涯，奔向远方。

端午的时节，所有的一切都显得富足而不缺纹理。

我要回家，便打算提前买票便于赶车，走之前我给一个素未谋面的朋友打了一个电话，没想到，她却非要来送我，说是顺路，我当然不好推辞。

我从西南大学出发，从公交车上，坐到了一辆可爱的小车里。车在川东地区的山水之间绕行，暴雨骤停，白云缭绕，似雾非雾，似烟非烟，磅礴郁积，气象万千，这人间仙境，与我的故乡广安骄阳似火的热情，真的是天壤之别！

朋友的兴致很高，大抵都是随意之人，所以聊得比较畅快，我们一路上交流得最多的，就是关于时光的流逝。想起一位作家说过的话，瞬间即是永恒，人生的岁月，恍然不觉，已经迈过大步。我们都是从农村里一步步走到城市里来，并在城市的缝隙中生存，奔波、打磨、奋进。

时光里的万花筒，带我们走的不仅是记忆，更是回望。

我的老家在广安下面的一个县城，到处都是土丘似的小山，看得最多的就是一片连一片的梯田，前几年因为要打造旅游区，才将村里扁担大的公路进行优化升级。童年的时候，乡村人多，有赶猪的农户，赶集的行人，从家门口的小石板路上路过，嗒嗒作响。偶尔有汽车会停在村口，探亲访友。

那时候的我们对汽车充满了好奇，并乐此不疲地在车辆卷起的烟尘中狂奔和追逐，汽车所带来的美感和壮美直抵人心，当时的理想，就是可以拥有自己的车，缓缓地开在自家的门口，那是何等的骄傲与自豪。可以带着小伙伴，可以带着亲人，走亲访友，到处走走。

小时候，院子里的小伙伴，雪梅的轴承木板车，让我们羡慕了好长一段时间。

雪梅的父亲是做电焊的，用废铁和木板给她制作了一个轴承车，在下坡的时候发出清脆的呼呼声，木板车不仅可以前行，还可以转弯，坐在上面非常刺激，特别是从坡上冲下去，那种飞翔的感觉，在我们的脑海中挥之不去，久久难以忘怀。

那时候的我们，贪玩是出了名的，小伙伴们迷恋那种木板车无法自拔，他们眼神中的极度渴望和羡慕显而易见，我更是被那木板车吸引得心急火燎。

我马上就找工具鼓捣起来，拿着平时积攒的零花钱买了一些钉子，就着简易的木板开始制作，掌握方向的木板难度最大，为了避免功亏一篑，我问了雪梅父亲王叔叔，他热情地帮我把木板弄了一个洞，便于拧紧螺丝。

父亲自然是看出了我的心思，问了我的真实想法后，他决定和我一起制作，父亲从废旧物品站买了几个大号轴承，按照比例用锯子切割了几块木板，然后用钉子将它们固定住，之后用电焊给我的木板车焊了一个固定的脚架，再安装了几个旋转螺丝，就制成了一辆属于我的木板车，车子一做好，我马上就邀约了很多小伙伴，并一再声明，我有车了，这个车是专门为我量身定做的。然后为了显示我的车结实耐用，并且性能良好，我还执意要和雪梅的木板车在下坡比试。

我的车轻易取胜。那时候别提多高兴了。整个院坝好多小伙伴都围着我，对我投来羡慕的眼光，大家跃跃欲试，我也很豪气，大方地借给他们玩。

这是我生平驾驶的第一辆"车"，因此我也算是老驾驶员了，后来，我学会了更多的车，从两轮自行车到电动车、摩托车和小轿车，甚至在部队的时候坐上了坦克。但是无论我开什么车，再也没有一次像小时候开木板车那样激动，那样美妙，有着征服一切的快感。

后来，我去了省城读小学和初中，去了很远的城市读大学。见到了很多豪车，见到了各式各样的车辆，但是每一辆车在我的眼里都似乎一样，觉得那些豪车也不过如此，交通工具而已。

回家的路上，有小朋友们在街道上赛车，还都是用自己做的模型车，在此起彼伏的加油声中，我又想起了我的童年。

# 最灵性的景致 · 第七辑

等 闲 识 得 东 风 面 ， 万 紫 千 红 总 是 春

# 「旗袍姑娘」

最早接触旗袍是从一部电影开始的，那部电影就是《金陵十三钗》，十几个女孩子身着旗袍，惊艳动人。其中一个女孩子给我的印象颇深，她穿的是一件粉白色的旗袍，旗袍上是几株兰花，漂亮文静的她与旗袍合二为一，那种美感无与伦比，她的身材似乎就是为旗袍而生的，旗袍在她的身上美得淋漓尽致。

前几日读了戴望舒的雨巷，我的梦中便出现了这样的场景：在婉约古朴的江南小巷里，一个丁香一样身着旗袍的姑娘，撑着油纸伞，在小巷里慢慢踱步，忧郁的影子在她身后的细雨中轻轻摇晃。素雅高洁的气息从小巷中款款而来，婉丽柔美的风韵让我有些情不自禁。

在我的印象当中，旗袍是属于民国女子最经典的服饰，一个个正值青春年少的女子，穿着旗袍，仿佛是从历史岁月中走出来的，旗袍带给她们的不仅是外在的装饰，更是内在涵养的体现，旗袍女子多是具有古典文化修养的人，无论是琴棋书画还是诗词歌赋，多少都有一点本事，民国出了很多才华横溢的女子，她们的灵魂质地鲜明。东方女性的魅力特质在她们身上一览无余，民国女子多才俊，张爱玲，林徽因，萧红，宋氏三姐妹，她们构成了旗袍女子最美的词汇，她们也将旗袍带入了精致细腻的行列，旗袍姑娘们身材婀娜，典雅、知性、惊艳、妩媚、性感，才华横溢又不失风情，高贵典雅又不失格调。可以说她们把旗袍打造成了中华民族女子最美的标识符号。

翻开历史的书卷，信手便可以窥见曼妙有才的旗袍女子，民国作家之中，我最喜欢的女作家是张爱玲，书上记载说张爱玲也对旗袍情有独钟，我不止一次在书上看到她身着旗袍的样子，纤细修长白净的手指放在腰间，下巴微抬，坐在酒红色的地毯上，脚上的高跟鞋肆意地搭着，一本书在她的面前，她似乎若有所思，神情带有一点迷离和抑郁，宛如一条濒临绝望的蛇，才气和孤傲从她的表情一点点发散开来，传言说，张爱玲对旗袍的热爱已经超过一切，每一个季节，她会按照自己的想法大致描绘出旗袍的样式，然后交给细致的师傅。记得有一本书叫《张爱玲的自传》，有这么一句话：给张爱玲做旗袍的师傅说张爱玲对旗袍有自己的领悟和看法，她喜欢那种旗袍加绒、束腰带、领头稍微柔软的，并且对成套的旗袍也喜欢购买收藏，丝毫不觉麻烦。由此想来，民国有名的文化人之中，再也没有哪个人比张爱玲对旗袍一往情深了，我想这也许是胡兰成看到张爱玲除了才华之外，更加吸引他的地方吧，要知道一个才华横溢的曼妙女子，身着凸显身材的旗袍，其魅力非常吸引。

胡兰成在《今生今世》中更是毫不避讳地谈到他对张爱玲的喜爱，特别是对张爱玲的穿着记忆颇深。

旗袍与音乐是一体的，是精妙的搭配组合，民国时期，纸醉金迷的舞场，旗袍姑娘在那里用自己的舞姿和美丽的锦色旗袍讨得了多少男士的欢心，演绎出了多少心动至极的爱情。

　　舞厅的旗袍姑娘又多是耀眼动人的，她们举手投足间，婀娜的身段在旗袍上显露无遗，挡不住的美丽，诱惑性的美感张力十足。柔美让一个女人充满不同的诱惑力，无论她是忧郁还是欢乐，无论她是哭泣还是沉默，旗袍的风韵都美不可言。一件旗袍就是一种表情，一件旗袍就是一个故事，一个身着旗袍的姑娘，定是一个有故事的人。

　　以至现在，还有很多人都深爱着旗袍，无论是男人还是女人，都对旗袍情有独钟。旗袍之美明媚如春，旗袍之美婉约柔情，旗袍之美从容知性，旗袍之美性感动人。

　　历史的岁月中，旗袍一直在中华大地上未曾老去，无论沧海桑田，时间转换，旗袍永远都是中国姑娘们最迷人的底色。

# 「听见呼吸」

呼吸还给大地，便是回到了故土。

出生之时，呼吸便天然的带有大地赐予的介质，自然在魂归大地的时候，也要交还给大地，呼吸落到了这片熟悉的土地，这山这水，这田这川。虽是消亡，却如重生，回到了生他养他的土地。

呱呱坠地时第一声的啼哭，划破天际。她的前生与后世都打上了故乡的气息。

呼吸的啼哭，冲入云霄，在天空里慢慢飞行。它看见了雪花纯澈的身体，它看见了雨滴在云层里嬉戏。

童年的时候，屋子里院落里全都是浓浓的欢快气息。呼吸的周围热热闹闹，甜蜜温馨，欢乐的气息在每个房间里升腾。田野上不知名的小花，一些绿油油的秧苗也在呼吸，潺潺的流水哼唱的歌谣回荡在乡村的每一个角落，这里的一切都是安然的，灵动的，每一个季节，是轮回的、永恒的。云朵、太阳、笑容、歌谣、问候，无数个细小的组成部分都是美好而纯粹的。

下雨的时候你更能听到他们的呼吸。

雨水从屋檐一滴滴地流下，流进大地的皮肤，灌进岁月积淀的石头缝隙里，植入心肺。

屋外边上的大黄狗看着雨水在它面前的地板散开，撑起一朵朵亮晶晶的水花，它的背上也被溅开的雨水打湿，毛发印上了一层特殊的纹理，黄狗低着头，时不时地用舌头推推湿润的皮毛，黄狗觉得这水晶一样晃晃的东西很凉很凉，本来想逃离，可是雨水很多，它终于妥协，趴在地上，时不时的用嘴咬一咬，毛发卷成了一朵小花。

雨水的呼吸也分季节，在夏季，它是很急促的，不顾一切的气势很像年轻的我们，倾泻而下，声如洪钟。雨水的势如破竹，将院子里的地板冲刷得一尘不染，鸟儿对这雨水的声音是害怕的，因为它不得不在一个屋檐下胆战心惊地等待雨水的停止。它原本打算出去觅食游玩的，看看外面的世界，却没想到计划赶不上变化，突然间，雨水袭来。但它未料到这雨的呼吸这么急，这么大，它还小，不敢和雨水一决高下，索性待在房檐的角落里梳理自己的羽毛。

雨水填满了池塘，填满了河流，雨水从树枝上划过，树枝的眼睛被齐刷刷的呼吸晃得眼花缭乱。雨水的呼吸是易变的。有时候快马加鞭，有时候低沉斯文，有时候则是犹豫不决。较之于清早的露珠，雨水的滂沱算是一种豪放的情怀。

露珠是羞涩的，羞涩得不肯将自己的呼吸交给更多的事物，而委身于细小的野草，清晨，漫步田野，你会在乡间的任何一个角落里找到它们的存在。它们是敏感的，脆弱的，一旦被温度收缴，便很快命悬一线。

小时候的我喜欢趴在窗前，看着雨水的呼吸在窗前的玻璃上落下，雨水的力度很大，打在玻璃窗上啪啪直响。坐在屋里，我透过卧室的玻璃窗向外望去，天地间仿佛挂着一幅巨大的珠帘，迷迷蒙蒙的一片。雨水落在眼前不远处的屋顶上，像轻烟一般，雨水顺着屋檐末梢流下来，最先像是断线的珠子，而后，雨势增大，渐渐地连成一条线。地上的水也越积越多，汇成一条条小溪。我看着这流动的雨水，我知道田野果园的植物将会换新颜。

不一会儿，雨停了，太阳出来了，推开卧室的窗户，清新的空气扑面而来，院落里的几棵树木，经雨水冲刷洗涤，枝叶绿得动人，好看极了。

在落雨的晚上是看不见星星的，只有在天空澄明的晚上，你才能看见它们的面庞，星辰同样是饱满富有张力的存在，镶嵌在夜晚的空中闪烁，黑暗让天空的一切都充满了玄妙的哲理。每当夜幕降临，田野中的蛙鸣便争先恐后地响起。搬几个竹凳，放个小桌子，摆上清茶，吃点瓜子花生，听听蛙鸣，看看星星，聊聊家常，坐在院落里，享受着和亲人朋友交流的乐趣，别有一番滋味。

# 「素 净 底 色」

　　中国的词语博大精深，吾独爱素净二字。

　　素的古义是白色，素的品格单纯，善良，实在，质朴。净的古义是清洁，净的品格是干净，纯粹。素净，指的是色彩淡雅，朴素干净。人的一生，就是回归本真的一生，从哪里来，就会到哪里去，人生做本真太难，真是一种良好的品性，在世界快速发展的今天，大千世界，繁华模糊了我们的双眼，错位的真心常常遭遇践踏，浮躁的社会将不断地消磨最初的天真。况且真真假假的俗世，又有什么区分的标准，人一旦圆滑就失去了做人的本性，为功名利禄不择手段，偷奸耍滑，庸庸碌碌过一生。做人追求问心无愧，天地良心说的就是人的本色。乍看起来，随遇而安、随波逐流似乎在社会上混得开。于是不少人把真藏起来，开始学会八面玲珑，苟且偷安，直到死或许才卸下面具，脱掉躯壳。从恒定的日子来看，人处在社会之中，时光之手，终有一死，尘归尘，土归土，落叶归根，回归大地。

　　素净的本性是一个人保持纯真的美好所在。不以物喜、不以己悲方能显出一个人的宽广心怀。素的含义众多，从古至今，我们耳熟能详的古诗词数不胜数，从传奇的爱情故事当中《古诗为焦仲卿妻作》里面就有一句：十三能织素，十四学裁衣。

素在这里的意思指的就是用作材料的丝绸。丝绸能驱寒保暖，能抵御风雨湿气，能抗紫外线，能保健。素是生活中不可缺少的必备之物。素有情感的寄托，唐代李白的《化城寺大钟铭》里面有英骨秀气，洒落毫素的句子，这里的素指的是用绢帛纸张写的书籍和信件。素是古代传情达意的一个重要媒介，多少才子佳人，多少战火纷飞的情报，多少儿女情长的柔情，多少血浓于水的亲情都将素的含义演艺得分外动人。

由此来看，与素有关的词语大多是美好的底色。

诸如古乐府《饮马长城窟行》中的"客从远方来，遗我双鲤鱼。呼儿烹鲤鱼，中有尺素书。"《文选·张华·励志诗》中有"如彼梓材，弗勤丹漆，虽劳朴斫，终负素质。"素的含义都为质朴之本性和初心，也是一片未凿的天真。唐·刘禹锡《陋室铭》中的"谈笑有鸿儒，往来无白丁。可以调素琴，阅金经。"宋代司马光在《训俭示康》说："众人皆以奢靡为贵，吾心独以俭素为美。"素便成了一种操守，成了一种永恒的士林精神。

与素有关的词语，从素颜、素描到素雅，则言由己及人，是自我追求的一个境界。

时光相伴，带着一颗素心，便能抵御一切悲苦，不是将悲苦化为无形，而是将悲苦踩在脚下，素心教会我们如何在疼痛的世界里面找寻希望，素心教我们如何远离人世间的纷纷扰扰。在挫折坎坷面前，你尽可宠辱不惊，闲看庭前花开花落，去留无意，漫望天际云卷云舒。素年锦时，在青春美好的时光里，用自己的努力，用自己的素心，用自己的才华，为生活谱一曲优雅动人，清香扑鼻的琴瑟之音。

选择素心，就选择了一种安静闲适的生活方式。谈及人的生活困苦，处境艰难，历史上不少的诗歌大家，功成名就的伟人正是备尝忧患艰辛，素衣贫困才成就了瑰丽多姿的诗篇。从杜甫"八月秋高风怒号，卷我屋上三重茅"到"十年生死两茫茫，不思量，自难忘，千里孤坟无处话凄凉"。无数文人墨客的命运不幸，确是家国之幸，民族之幸。

与素的词语稍微陌生一点就是素室了，素室指的是朴实而不加华丽装饰的房间，素室出自《南史·后妃传论》："高皇受命，宫禁贬约，衣不文绣，色无红采，永巷贫空，有同素室。"素室简单，古语有"一瓢饮，在陋巷，人不堪其忧，回也不改其乐。贤在回也！"言指身居陋室，淡泊名利，同"斯是陋室，惟吾德馨。苔痕上阶绿，草色入帘青"一个道理。

# 「灵魂旅行」

几千米的高空，我看不见任何东西，除了大片大片的白云。

飞机在躁动的气流里面穿梭，像惊慌失措、努力奔跑的白鸽。

耳鸣一直持续，在这种撕裂的拉扯中，仿佛诞生一种寂静，陷入停窒。

## 发呆等待的时刻

脚步追随着时光脉络，亦步亦趋，列车载着我，在深邃的道路里滑行，高山从我面前猛地靠近，随后又随激流翻滚而去。

直到列车开始以一种悠闲的姿态挺进，我才渐渐看清高山的本色。

首先是石头，高山上的石头扭捏在一块，相扶相倚，安详沉定。它们保持着一种原始而静默的姿势，这些石头久经风霜的洗礼，显得老成持重，石头的皮肤是沧桑的颜色，嵌入时光的纹理构成了一幅幅精美的花纹。紧贴在石头之上的是细小浓绿的苔藓，苔藓的视野之外，几簇植物牵的很紧，将缜密的叶子撑开成花蝴蝶的模样。

　　无边无际的风声之中，到处都是幽深俊秀的山岩，山岩的头顶上是广博的天空。

　　天空之外是无数重峦叠嶂拔高的身姿，几米之外，朦胧的青冥笼罩着不知名的花花草草。

　　这列火车，现在比较安静，在一小小的站台等待，等待是一种使命，通过上上下下的人们的表情，可以窥见他们的内心。人们与列车之间契合了一种约定，什么时候到，什么时候离开，一切都在按约定的计划展开。偶尔，这列车也有调皮欢喜的时候，也会高歌猛进，钻进大山的怀里，欢呼雀跃，寻找回音。疾驰在山路风声的咬合之中，迷离遁去。这愉悦的表情甚至还吸引了发呆的雾气，进入高原山区之后，雾气会在黄昏六点准时到来，雾气被行进的列车劈开，散成细小的一团。

　　山区的气息很纯粹，沁人心脾，当熟悉的原野跑进你的味觉，思绪在这悄然入夜的山峰之中，迷离而充满狂野。而此刻，俊秀的山峰开始散发出它那充满魅力的挺拔壮美。尤其是穿过落差极大的山谷时，你能见到偏僻带来的原生态的震撼美。

　　当真，只有自然洗礼才叫鬼斧神工，只有自然的生长才叫美的永恒。细细观察，这里的草木都是野性惯了的。在黄昏的时刻便开始跟着风有节奏地跳跃，它们以一种自由、悠闲的姿态在阳光下生长，恋爱，结合，繁衍，用无数的柔情和年华，在时光的峭壁下雕刻出另类的张力和美感。

　　没人见它们的时候，它们也是这样，看着头顶的天空，有时候晒晒太阳，或者跟着兄弟姐妹们，在风的合唱下，一起舞动身姿。

　　它们的存在是不朽的，因为生死于它们而言，永远不存在断裂。无论以何种形式结束，都会以另一种形式重生，瞬间的绽放在特定的空间里，便有了不朽的永恒。

## 越往前走越靠近荒芜

追着岁月奔跑的时刻，更容易靠近荒芜。荒芜没有明显的界线，然后就是在那么一瞬间，你才察觉到荒芜的存在。荒芜潜伏在草木之后，荒芜在小路的入口处设伏。以前年少的时候以为穿越荒芜就能找寻人生的充实，却发现，在寻找充实的过程中荒芜却遍布各个角落。时间里的荒芜尖锐且不容人的半点思考，空间里的荒芜在开发的浪潮中轮番上演，它们本应该是属于自然的一部分，是原始生态最真实的底色。

只有在大山深处，只有在列车驶入人迹罕至的地方才能发现自然法则的线条。山区的山，还是尘归尘，土归土，鲜花跟着鲜花，泥土守着泥土。一切都约定俗成，一切植物都有信仰。一切都充满了灵动的力量。

## 解开心结寻找自然的回音

也只有山区，才能看见自然的壮美，山峰连绵，瀑布水川，森林绿意，溶洞景观原汁原味的峡谷山水，自然种类齐全的植被景观，你既能看见山鸡、杜鹃、野兔、猴子等飞禽，也能看见野猪、松鼠等走兽。秀丽的湖光山色，神奇的峭壁，凉爽甘冽的气候。山区的四季风光别致，春天百花争艳，夏天甘泉回响，秋天野果挂枝，冬天白雪皑皑。犹如人间仙境，堪称世外桃源，美不可言。当你步入山区，百草丰茂，植被浓密，山下潺潺的流水轻轻哼唱，虫鸣鸟叫，更觉山林幽静。落叶无音，穿过乱石溪流，漫步天然石阶。沿途风景美不胜收，呼吸着天然氧吧的气息，超脱了一切束缚。

我们的脚步一高一低，在大地的怀中悄然前行，生怕惊动了这些精灵。

走得累了的时候，我们会在苍翠的竹林之中休憩，吃点干粮，喝点泉水，交流心得体会。

我们就这样一直不停走，走过高耸入云的峡谷，走过古树参天的山路，走过山泉飞瀑的山石，走过悦耳动听的小溪，走过波光粼粼的湖泊。这些地方如诗如画，山因水而清，水因山而秀。山清水秀之地，风景别致之宝。

最后我们一路向南，走到了大海边，虽然身心疲惫，但见瓦蓝瓦蓝的海水，也顿感轻松和惬意，海洋的波浪在视线之外美得一塌糊涂，海水的本色一览无余，海水的怀中有一座小岛，小岛看着海浪翻卷的浪花，来了去，去了来，不停地相互推着，一浪盖过一浪。我们乘坐游艇，来到小岛，海水在远处和近处所呈现的色彩是不一样的，由近至远，显示浅蓝，瓦蓝，深蓝，姿态也是热烈，精细，安静，沉稳。这座孤岛没有人涉足，空无一人，我们站在小岛的沙滩边，看着海水翻来覆去拍打海滩。

因为辽阔，因为太美，因为太蓝，因为太净，我们迷失，我们沉醉，我们欢喜，我们惊讶，我们甚至不愿意告诉别人我们来自哪里。城市的样子是没有这么安静，这么纯真的，城市里的一切都是拥挤，拥挤，再拥挤。人们在城市的奔波中劳累，忙碌，烦躁。他们都在和生活进行抗争，赚钱是为了那梦寐以求的生活，如果可能，他们更愿意待在这原汁原味的自然风光中，追逐那天真无邪的本性。可这是多么遥远的梦啊，只是梦，只是向往。

于是怀念，就成了城市寄托的一种出口，或者让自己的思绪挂靠在相册，来一场说走就走的旅行。

岛，坐落在美丽的海洋怀中，野性的情怀，纯真自然的风景，都赋予美感以灵性，赋予人生以洒脱。在这里，你才能忘却时间，忘却天高地远，只有在这里，你才能找寻人的品性，在这里久了，你是会脱掉庸俗的，在这里久了，你是会找到古朴的。

海水从远处振动开来，带着昂扬的姿态，亲吻你的肌肤，浪花击掌的水花随着风儿忽左忽右，岛上的椰子树郁郁葱葱，一些叫不出名的花儿开得姹紫嫣红，绵延的沙滩上，你可以看见广博海洋之外的游艇，太阳洒下来的时候，躺在沙滩椅上，柔和的阳光把人烘晒得舒服，小憩，听风声在耳边私语，亲吻自然的味道。

# 「行走笔记」

走自己的路，让别人说去吧，曾几何时，这样的话语让很多人热血沸腾。

听从自己内心的声音，才能走一条无悔于心的人生之路。

法国古典作家弗朗索瓦·德·拉罗什富科说：无畏是灵魂的一种杰出力量，能使人在危险关头不慌乱、不紧张、不激动；正是由于这种力量，英雄人物得以在突如其来和十分可怕的意外事件中保持一种平和心境，并继续自由地运用他们的理性。人生意义的大小，不在于意义，而在于内心，抱着一颗无畏的心才能走得更踏实。生命呱呱落地，其实是自然赋予的一种自由，人生的路尽管受到这样或者那样条件的制约。但总体上来说，人是可以决定自己的方向和过程的，正如著名的思想家，卢梭所说：生命不等于呼吸，生命是活动。活动的生命应该是有自己的思想和过程的。

五月的春风，天朗气清，惠风和畅，我轻装便行，一个人独自走在乡间小道上。

二十多公里的路程，足足走了四个多小时，从上午走到下午，一路上与我相伴的除了绵延不尽的山路还是山路，偶尔有凸出的山丘和一些叫不出名字的树木。

这样的天气，走在乡野之间，自然是舒心的，喜悦的。空灵的小山谷，婉转别致的邻家小院在我的眼前依次出现，土地上一排排庄稼长势喜人。我看见了洋芋舒展了藤蔓，玉米苗已经从土地的皮肤中径直而出，生机盎然。红色，黄色的小花开遍了希望的田野。

一路上，这样的小花数不胜数，不管有没有人注意，它们都开得热烈而自然。远远望去，小花宛若天上的星辰，散落在土地周围，蝴蝶扇动着翅膀在花草间飞舞。几只悠闲的小鸟正在土地里觅食。它们很专注，似乎也没有注意到我的存在，埋头沉醉在自己觅食的甜蜜过程。

所见之景一片生机勃勃，无论是生长的树木庄稼还是野草野花，无论是觅食的鸟儿还是飞舞的蝴蝶和蜻蜓，这些都是农村常见的事物。田野的农作物更加熟悉了，一个农作物从开始播种到浇灌护理，田间除草到日常的精心维护，一刻也不能松懈，一直到成熟收获。从小到大，我都是汲取着它们的丰富营养长大的，因此我对这些事物有着天然的熟悉和亲切。

踏着一条弯弯曲曲看似没有尽头的田间小径，我走向大地的深处，脚两边的蒿草已经疯长到膝盖那么高，眼前是葱绿色的海洋，那是农户种的柑橘树，空气中弥漫着柑橘的清香，我整个人好像被这绿色海洋淹没了。柑橘园很大，硕果累累，压得枝头都直不起身来，想来不久以后，这柑橘就会成熟，到时候亲自来采摘也挺有趣的，一边走一边想着，便穿过了柑橘园，拐了一个弯，便知道乡镇不远了，你看，远处的楼已经映入眼帘。

# 「游华蓥山」

　　我为自己的唐突的想法感到不可思议。

　　世界上万事万物都有自己的规律和特点，但人的思维，想象力却可以天马行空，随处跳跃。比如现在站在半山腰的我，思绪已经跟随天边的蓝天白云飘荡在浩渺的宇宙之中，随着高度提升，原先清朗明亮的天空，逐渐阴沉到灰暗地带，直至钻进黑暗无边的宇宙。身居宇宙之中，星球的世界在面前一览无余，一个蔚蓝色的星球在我的眼前呈现，我明白，那就是人类的家园，属于我们的地球。如果我有一架高清晰的定位星球方位的航天激光飞行器，我就在这个雄鸡造型的国家拍一组照片，由远到近，依次呈现它的模样。如果要找一个范围，那就是生我养我的大四川，再小一点就是伟人故里，广安，如果再精准一点，就是广安市的东北方向，一座烟雾缭绕，风景优雅，诗意盎然之地，亦是中国海拔最高的山岳型石林——华蓥山。

　　我在此山间，山间不知我，山中茂林簇，归来不知路。

　　华蓥山，是我现在所站立的地理位置，时间是 2016 年 12 月某日的一个上午，临近午后，大概三点钟。我便成功抵达了目的地——华蓥

— 207 —

山。登上华蓥山，颇费了一些劲，想来岁月不饶人，我已经不再年轻，穿过一条狭窄的石梯路口，拐弯处，便发现了一排排挺拔的松木。好看的血红色，如大碗粗，展现着恬淡柔和，天生丽质的松木本色。松木在自然界久负盛名，其朴实无华的质感，栩栩如生的纹理，清纯亮丽的色泽，细腻的线条，刚柔兼济的风格亦是现代家具不可缺少的内涵和品格。穿过大片的松林之后，映现在眼前的则是鳞次栉比的秀峰石林。华蓥山石林之美，雄伟壮观，它的美，有别于云南石林的高大奇险和桂林石林的雄伟暴露，华蓥山石林的美将秀、雅、美的玲珑丰姿都隐藏在丛林峻岭之中。石林是由溶芽、溶柱、溶屏及各种不规则溶石组成，石在林中生、树在石中长、树缠石、石顾藤、石树相依等自然景观随处可见；石和植物相倚的景色堪称一绝，姿态动人，神态多样，石树顾盼、藤树生花、逶迤组团，形成了数百个大大小小的"天然盆景"，漫步其中，仿佛走进了盆景花园，因此，华蓥山的石林有"中国石林盆景王国"之美称，其清秀、幽雅、隐迷、绮丽之美轮美奂，不一而足。大自然鬼斧神工的杰作，造就了石林多种特质，器宇轩昂，顾盼神飞，秀逸出众。

石林美的特点可以用八个字来形容，那就是"峰奇、石怪、山绿、谷幽"，此时，你站在石林面前，你能在漫山遍野之中发现生命的本色，它们都充满力量，你同样能在山间的小道上找到一路跋涉的我，不仅仅是我，这座山，这条小道的每一个人，在我们的视线里和大山一样，其身后的经历深不可测。

中途休息的时候，我看着满山的秀林俊峰，心中生出无限的美好。眼前的一条路，多么像人生啊，无论你走还是留，你都要在生活中做出选择。我用如此多的文字来记录我现在的所思所想，差不多忘记了到华蓥山的目的，有时候我在问自己，为什么在这样一个萧瑟的冬季来此。是啊，为什么到这里来，每当我问自己的时候，我又茫然了，的确我找不到来的理由，也找不到不来的理由。放飞心情吧，陶冶情操吧，按理说都可以成为我选择这个地方的正当借口。

华蓥山的石林最为俊秀，和川内的峨眉山、青城山、四面山并称四大名山。华蓥山美在特别，美在精致，华蓥山之美，熔名山、名湖、名史为一炉，集雄、奇、险、幽于一体，尽显鬼斧神工之妙，巧夺天地造化之功，是自然馈赠于巴蜀人民的一座博大精深的天然地质陈列馆，也被誉为生态竹海天然氧吧，是川渝旅游大道上一处优美的风景。漫步其中，你收获的不仅是心情的愉悦，更是精神的归依和宁静，叹为观止的生态地质文化、浪漫欣悦的情山文化，无不让你流连忘返。

每到冬季，雪积颠顶，远望如琼瑶洒地，晶玉铺山，故名华蓥山。山上飞雪积尺，银装素裹，玲珑剔透，分外妖娆，雪花飞舞如柳絮，银光闪烁挂冰枝，漫步其中，便进入了童话般的冰雪世界，你在这里尽可以与雪共舞，与雪共乐，与雪共美。

华蓥山情山文化别具一格，比如现在展现在我眼前的就是突兀高耸的夫妻石，这是华蓥山最富有标志性的景观，共有两部分。上部分犹如相爱的情侣在窃窃私语，温暖相拥，右边的石峰恰似一位美丽的巴蜀姑娘，长发披肩，清纯可爱，左边的身姿壮硕伟岸，酷似农家汉子，围着这尊石林造像走上一圈，随着角度的变换，相拥相吻相互依靠，给人以清新别致的视觉享受，

秀美石林，美轮美奂，高大壮观的石林景观，一共分为两层。风

雨的冲刷和自然的洗礼造就了美丽的容颜景观，多姿多彩的廊道，起伏迂回的走廊也分外有趣，岩石的十八雕像，更是威风阵阵，英勇阳刚。

华蓥山之美，美在四季，无论你什么时候来，你都可以在这里找到美好的存在，春天可观山花，夏天可见繁阴，秋天可赏红叶，冬季可观雪景。工作忙碌之余，带上家人朋友来此地，观光旅游，消夏避暑，尽享休闲度假的恬淡自然。

华蓥山是巴蜀首屈一指的清凉之地，因为地理位置等主要因素的影响，山中会有积雪，云雾缭绕，宛若仙境，意蕴无穷。我来此山的时候，天气还比较好，没有下雨，却已经感受到凉意阵阵，爬至半山腰的时候。太阳不知道什么时候也失去了踪影，逃之夭夭了。看不到这座山的原貌，浓浓的雾气弥漫在山间，山其实就在我们面前，但山的样子却被掩盖，同行的几人，早已经抵不住这渗透的寒意，然而冷峻之美，依然动人心魄，加上众人劝说，也跟着导游走进了山的怀抱。

眼见之处，看到的都是一些名花古树，走了一会儿，隐约有飞瀑声溅落下来，流水的声音似乎很近，又似乎很远，声音断断续续，若隐若现，山路在我们的脚下慢慢退去，浓雾渐渐地将我们裹紧，山的身影只能在甘洌的气息中细细品味了。

华蓥山此刻是安静的，就像一个饱经世事的长者，他用冷静和睿智打量着每一个来此地的人，无论你看或者不看，他都是一如既往的没有任何表情。千百年来，正是这样一种精神才造就了巴蜀大地的坚韧，人类与它，就好比时间里的沙，你我皆为凡夫俗子，都是时间里的过客，对华蓥山而言，人同样是一个过客，即便我们不远万里，来此地端详它的容颜，感悟它的俊秀，领悟它的美景，也不过是它安静的等待。而这样的遇见，它已经重复了多年，世事转变，沧海桑田。一些奇怪的念头在我的脑海里出现，念头一旦出现，我们似乎就要寻出一个答案，答案的本质不在于能够给予我们怎样的体味，而在于求索的过程是让人余味无穷的，如同钻进了迷宫，较真儿的时候就是挖掘事物本真的时刻。人的每一步踏出，其实都看不到山有多高，海有多深，正因为没有见过，所以才固执地让自己不断地超越，一如我们走的人生路，也许有坎坷，也许有风雨，但是因为有着不可名状的未知在吸引我们，因此才在人生的这条路上走的坦荡自然，乐此不疲。

我知道华蓥山并非全部都已经被雾气包围，在某个地方，我相信一定有一束阳光可以穿过浓雾与我会合。而我们需要做的便是踏遍眼前这座高大的华蓥山。华蓥市的山水富有灵性，秀美山川，湖水天成，碧波荡漾，都在历史的长河中不断转换，生生不息，充满活力。

看着浩渺的清波，会不自觉地想起人类的渺小。在人世间你我不过是一粒微尘，匆匆而来，匆匆而去，时间又是多么的残忍和刻薄，即使我来到此地，即使我能见到此山秀美的存在，湖水的柔美，也不过片刻，岁月里的生活都会不停地转动，我们仰望山峰的时刻其实就是灵魂思考的时刻。

在这样一个安静的地方，置身于天地之间，远离繁华喧嚣和名利牵绊，远离了大城市的车水马龙，选择在这样的时刻沉淀，才是人原生态的存在。我从大山来，大山是我的家乡，宝鼎山是华蓥山的主峰，享有"山河俯瞰周千里，绝顶登临眼界宽"的美名，站在宝鼎山上，一切都仿佛静止，细细思索脑海里的走过的路，看过的景观，积雪，连云，三花异树，九子灵泉，断崖利刃，一线天，让人思绪万千。山外无影，山外无人，山外有山，山内有人。

我来看此山，此山与我同行……

# 「漫 步 钓 鱼 城」

经过了一段长时间的跋涉，终于如期地抵达了钓鱼城，时间是十二点多钟，中午时分，天空阴阴的，没有一丝风，不一会儿，飘起了零散的小雨。密集的小雨争先恐后地落下，不停地敲打地面，好像在诉说什么。呈现在我面前的就是一座城墙，黑灰色的墙壁上盖满了苔藓，城墙的正中间有几个凹陷下去的大字——钓鱼城，字体苍劲有力，虽然被岁月磨成了灰色，但字体的硬度却丝毫不减。

这座城门充满着威严，在城墙面前，我们停了下来，听带路的人介绍。这座城墙横跨时空数百年，形状像是架战车，时代的光影之中，朝代的胜败、争夺、腥风血雨，早已经被时间带走。眼前的城墙也只有城门周围有无数小字，是历史遗留下来的痕迹。

看着这些小字，我的脑海里不断地涌现出战车狂奔的场面，战车上是一群饱经战火洗礼的士兵。在一次次的征战中，他们抛头颅，洒热血，在历史的长河中付出了生命和青春。城墙上这些名字，其实最多是一种生命符号。现在我们已经看不到那悲惨的一幕。我们只能在密集的雨水中，想起士兵在战场上厮杀争夺的场景。

雨还在下，江山社稷，日月旋转。曾经的战场很安静，荒芜在时空的后面。其实，我对历史不算怎么了解，之所以记得钓鱼城这个地方，是因为这里曾发生过一场战役，但对于战役的过程却知之甚少。之所以来钓鱼城，主要是我自身的原因，我是一名地地道道的武胜人，武胜与钓鱼城相距不远，一个小时就可以到达。历史记载，当年蒙古大军的铁蹄从北方一直打到南方，在一个名叫合川钓鱼城的地方遇阻。所到之处，皆成一片废墟，百姓流离失所。蒙哥大汗，亲率 4 万军队进攻钓鱼城，粗犷的马蹄声踩碎了川东地区的娴静平和。当战死的士兵鲜血染红了嘉陵江之时，钓鱼城全城居民在主将王坚和副将张珏的带领下顽强抵抗，抵御蒙军。经过浴血奋战，取得了胜利，扭转了时局。

走进钓鱼城的遗址战场，我试图理清故事的发展脉络。大门进去之后是广阔的笔直的街道，街道左边是一个用于军事技能训练的靶场，靶场上有一些被风雨侵蚀的木头和石墩。旁边就是打铁铺，领队告诉我，这就是当年南宋百姓造武器的作坊，在我的印象中，我以为造武器的地方应该是广阔雄伟的，至少占地面积有千余平方米，没想到眼前所说的武器作坊却如此简陋，和我们镇上补锅的铁匠的作坊并无二致。很难想象，小小的武器作坊，在当年钓鱼城战役发挥的巨大作用。

历史记载，当年南宋军民，在蒙古大军入侵的关键时刻，自发组织全民参战，每户居民都积极参战，派出青壮年保卫自己的家园，而一些年老和年幼之人则协助作坊制好武器，搞好后勤，那时候，面对蒙古铁骑的进攻，南宋无疑是羸弱的，但百姓却众志成城，斗志高昂，团结一心的气魄确是非凡的伟大。

战争其实是一个残酷的词，蒙古大军利用铁骑快速直入的优势，一路上兵不血刃，烧杀抢掠，无数的大宋军民都丢了性命，一直兵临城下。经历了拉锯战之后，蒙古大军实行围而不攻的政策，断水断补给，把城内的居民足足围了几个月之久，元军来到城池之后马上派遣大队士兵攻城，马背上的民族天生骁勇善战，有士兵爬到城口，被城内士兵用长刀木棍顶在外面。守城的军民就这样一次次打退元军的疯狂进攻。

英勇无畏的南宋军民，用自己坚若磐石的意志苦苦抵挡了三十六年。

钓鱼城之战付出了巨大的代价，但其战争的重要性却不言而喻。葛剑雄在《千古钓鱼城》里评价此次战役的意义说：钓鱼城内外的鲜血没有白流，钓鱼城足以彪炳千秋。在南宋濒临灭亡的关键时刻，钓鱼城之战，一雪前耻，成为唯一留存的南宋属地，支撑了岌岌可危的南宋朝廷，延续了南宋的政治生命。蒙哥大汗在钓鱼城战役受伤不治，改变了蒙古军队在世界各地的攻势，促进了蒙宋战争的结束，蒙军因此被迫北撤，宋王朝也因此延长了至少三十年。这次战役改变了世界的格局。

钓鱼城是一个弹丸小城，以微弱的一城之力能够抵挡蒙古铁蹄的蹂躏，除了易守难攻的天然因素之外，最大的原因在守城者的团结一心，不顾一切地拼死抵抗。

从 1243 年一直到 1279 年，钓鱼城虽然饱受蒙军的强烈摧残，但依然岿然不动，即便是南宋国都临安被攻克，国土尽失，国家陷入灭亡的境地，钓鱼城依然坚持了下来。此时天下已经归元朝，钓鱼城孤立无援，朝廷已经灭亡，又逢旱灾，城中居民生活困苦，死伤无数，甚至发生易子相食的惨况，守将不忍心百姓受此连累，和众将商议，最后决定投降。

蒙军嗜血成性，屠城成瘾。但在钓鱼城却破天荒地放过了全城的百姓，答应了钓鱼城守城将领投降便放过全城百姓的请求。

这在我们看来是难以置信的事情，一个城池，因为一场战役而改变了命运的走向，战争似乎是每一个时代都无法避免的，但凡有其他方式，也不会选择战争。我深深地知道每一个朝代都有一个时代的宿命，无论怎样，都有一个最终的结果，无论这结果是痛苦的还是欢乐的。历史的痕迹只是给人以激励和怀念的，虽然战斗的惨烈已经沉睡在过去的长河中，但南宋军民的气节却在钓鱼城之战中闪烁着光芒。

这就是弥足可贵的钓鱼城精神。

历史上有无数诗篇赞扬着钓鱼城精神，诸如古诗《钓鱼城》中："宪宗神武勇无双，黑子孤城死不降。"明代冯衡《钓鱼城》中："余玠有谋资琏璞，蒙哥无计屈王张。英雄事业昭青史，庙食何人为表章。"道出了南宋末年钓鱼城战役的壮怀激烈，再现了南宋军民团结一心，抵御外敌的英勇局面。

战役之后，诗歌留存，给我留下了宝贵的精神财富，中国历史文化的特质在这种诗句中一览无余，无论历史如何巨变，无论如何沧海桑田，每个战场，每个时段都会有一些可歌可泣的诗句超越时空而来，让后人生出无端的敬仰。

在这之前，我曾经浅薄地认为，诗词只是一个朝代的见证，见证得多了，也就没有什么特别了，读来读去都是怀古伤今而已，但现在看来，我的想法错的离谱。历史虽然用几句简单的诗词能够呈现岁月的一些事情，但这些诗词的背后却蕴含着一个时代的背景，一段历史的总结。读诗词便是读历史，便是了解人生发展脉络的一个途径。

宋代爱国诗人刘克庄在《蜀捷》中道："吠南初谓予堪侮，折北俄闻彼不支。挞览果歼强弩下，鬼章有入槛车时。钟繇捷表前无古，班固铭诗继者谁。白发腐儒心胆薄，一春林下浪攒眉。"

这是钓鱼城之战中给我印象最深的一首诗了，现在这首诗被嵌入城墙的中央，豪放的字体显示着落寞和沧桑，岁月的凌乱片段在城墙上若隐若现，仿佛就在我的眼前。

我仔细地打量着眼前的字体，细雨不知道什么时候停了，墙壁上盖满了湿气，像是几百年前守卫者的眼泪。我想象，他写完这首诗的姿态，他的姿态应是仰望着烽烟四起的天空，在黑暗之中不停地告诫自己，钓鱼城还在，南宋还在，希望还在。寥寥数语的两句诗是历史悲怆的抒写，从古至今，无论多少豪言壮语，无论多少功成名就，都会湮灭于历史之中，但诗歌却以永恒的形式穿梭于时代，聚合成一个民族精神的丰碑，在民族遭遇重大挫折的时刻，人们正是因为一种精神才造就了坚韧。

这也许就是为什么诗人要写一首关于钓鱼城战役的诗歌。因为钓鱼城抗争是深厚民族精神的真实写照，在他最难坚持的时刻，守城的将领也曾在黑夜的梦中不断告诫自己曙光就要到来，在自己颓废的时候，给自己以力量。

墙壁的后面有几棵蜡梅，在朦胧的空气中发出迷人的清香，这种香味敲动了我心中某个情节。我想，南宋军民正和蜡梅一样，在残酷的季节里，聚集力量，越是艰难，便越要绽放，用自己的力量改变历史。历史是每个地方的往事，就像一本书一样，有历史的地方就有记忆的底色，以一种方式缅怀过去，便能在未来之中找寻一种方向。

城门的后面有一条窄小的梯道，梯道的出口迂回弯曲，据古书记载，这些出口是为了以备不时之需，给老弱妇孺疏通的求生通道，一旦城破，她们就可以从这条小道奔出，小道不宽，在时空的转换之间，缩小为一个渺小，无足轻重的概念，现在这条小道已经被一层层苔藓涂上了岁月的痕迹。

我望着天空，细雨不知道何时又开始从天空中掉落下来，天上的雾气越加浓厚，坠入人间，我想，这迷离的雾气之外，也许就是一个时代的魂魄。

雨势有些大，我们去躲雨，雨水在古城墙壁上溅落出一朵朵水花。我看到古城墙外一口大钟，大钟的声音厚重，据说，大钟至今保留着撞击的传统，历史的回音寥寥。钟声震裂，扩散在天地之间的音符四散逃开，飘荡在天空之中，仿佛在进行一场历史的对话。迎着细雨，我独自一个人跑到钟的面前，雨连成丝顺着铜钟流下来，钟身上刻着浮雕，雨水直流而下，被拦腰斩断。由于年代久远，大钟有一些细微的缺口，缺口的纹路构成了大钟的皱纹，雨水在钟面上滚动，显示出独有的花纹，看起来那么苍老，就像一位老者，饱经时光洗礼，有人告诉我，这大钟在此地已有数百年的时光了。

领队拿起钟杵近距离的给我们演示了一下敲钟，声音划破长空，钟上的雨滴被振动甩开，雨水的痕迹在此刻被钟声冲断，洪亮的钟声在此刻又精神起来，仿佛充满了热血与活力。我们也跃跃欲试，用手抬着钟杵，一起撞击大钟，钟就像一个激动的人，手舞足蹈，声音高亢有形，先是直入长空，而后是绵绵不绝的余音缓缓地散落在空中。

我忽然明白了，钟声响彻天空，声音绵延大地，犹如在为死去的军民祈祷，九泉之下，他们必定安息，钟声在，他们的魂魄就永远存在。

站在城墙上，我的脑海里突然想起了一句古诗，杜甫的《春望》："国破山河在，城春草木深，感时花溅泪，恨别鸟惊心。"此诗的心境给了我无限的想象，我想，在几百年前，无数的热血青年，南宋百姓，一起登上城墙，拿着简陋的武器，做好战争的准备。宋朝守卫城池的士兵，每一个都有这样的心情，一定要保卫好自己的家园，就连我这样一个游客，在此时此刻看风景，看到自己形单影只，也仿佛是孤独的化身，就会想起战场只剩下我一个人，只要我还在，家园就会在。

一切过往似乎都成了悲哀的根源。

站在城墙上，放眼望去，周围一片雾气，零碎的雨声悄悄地飘向大地，大地一片潮湿，仿佛失去了活力，那活力早在几百年前就已经流干了。虽然看不到了围攻的情景，但我却可以想象战争最后的时刻，黄昏将至，阴雨绵绵。眼见大势已去，为了全城百姓着想，他们迫不得已选择了投降。

死亡是冰冷的，历史的战争也是冷血的，靠近此地的历史，总会被一股袭来的寒气所颤抖，我双手扶着阁栏，望着远方。那些消失在时空中的灵魂现在在哪里呢？当历史的车轮碾过陈旧的底色，沉淀的岁月安静地躺在文字上，我想，就在不远处，他们的灵魂也在看我，他们会悄悄地对我说，你终于来了，让我告诉你战争的惨烈吧。

头发已经被雨滴打湿，从我的眼前滴落。老天在这个巧合的时刻掉下了眼泪，是不是冥冥之中有一种暗示？虽然历史的情节早已经在数百年前尘埃落定，但我知道，那次残忍的战争终止了南宋千里江山。无论怎样，南宋已经沦为历史的一个符号。我看着雨滴越落越密，没有硝烟，也没有冷风，但有无尽的悲凉从心里蔓延开来。

# 「印象甜城」

内江是一座富有灵气的城市，因生产蔗糖有名，故曰：甜城。

关于这座城市的记忆，是这些新修的仿古建筑，延续着人们的梦想，或许是追随历史的久远，延续心中的怀旧情结，行走其间，仿佛置身于某个不相识的朝代。

这是一座很有古朴气息的城市，青石板路和青砖瓦房，窄窄的小巷，脚下的青苔，在冬日的阳光下露出娇媚的姿态，仿佛一个从民国出来身穿旗袍的女人，她就那么静静的走进我的视野。散发出别样的韵味。

她是在看我？还是在与我对话？

三三两两的外地游人在这条小巷挑选着小饰品。

我拿起照相机，对准她们，偶然一闪，一张难以捕捉的数码相片就此诞生。

幸福的感觉溢满每个人的笑脸，在这种气氛当中，温馨的感觉一浪盖过一浪。

在现代城市飞速发展的时候，很难找到历史记忆所承载的故事，而内江不一样，置身其间，你会不知不觉被这座城市俘虏，典雅的气息，慢慢移来，就像是一场梦。

## 画者

这个冬天有些生冷，这个季节易使人想起"料峭春风吹酒醒，山头斜照却相迎"这样的诗句，寒风迎面吹来，你左手的纸张随风颤抖，右手的笔在不停地描绘，大千的荷花精致动人，不久就在你的纸上摇曳生情，你的脸上绽放出笑靥，这个笑靥燃烧着整个冬天。

我看着你，用相机打捞起你的身影，随着相机闪光一闪，你回过头来，看着我向你示意：对不起，老先生，不好意思，未经允许就偷拍了这个镜头。

你轻轻地捋了捋胡须，淡淡地笑了笑，示意并不介意，然后接着画你的画，你专注的眼神在这纸上展露无遗，这一刻我仿佛看见了张大千的身影，一个画家，在寒风中捕捉美感，是多么不容易啊，这就是一种坚守，这就是一种执着。

我深受感动，走出十米开外还掉过头来打望，你和你的画构成了一幅新的画，一种难能可贵的品质毅力就这样敲动我的心，遇见你，该是多么的幸运和荣幸。

## 糖画

一块方正的大理石，一把薄薄的刀，小小的汤勺，竖立的草把，这几样东西，就是你谋生的行当，你在古街边，看着来来往往行路的过客，你的摊前有几个小孩子，他们的眼睛就像是在探索奥秘，东看西瞅。

以糖作画，就是一种艺术，少见的东西，自然引人好奇。

天上的飞禽走兽，花鸟鱼虫，在你的画里，在你的心里。

只要有人想买，你手中的汤勺，舀半勺熬熟的汤汁，在大理石上飞来飞去，娴熟的记忆，富有节奏的停顿，简直就是在表演书法。不多时候，你的手下就成就了一幅画的杰作，凤凰，鲤鱼，飞龙，小朋友们拿在手上，吃在嘴里，甜在心中。

卖糖画的老者，听闻你的述说，心里的感动滚滚而来，你坚守的这一方阵地，是不想让手中的技艺失传，可是，在现在这个时代，还有多少人在乎这一个小行当呢？

## 木偶

木偶是岁月和生命的见证，第一次遇见你们，是在市里的专场演出，而现在亲眼看到你们，心里怎能不万分感慨，你们是文化的传承者，专注而执着，小小的木偶身上，是几代人呕心沥血的精品。

随着你们身体的颤抖，木偶在历史的长河中讲述着它们的故事，在完成敬神、娱神使命的同时，最主要的是还满足了广大劳动人民的精神需求。在过去的年代，广大农村的文化生活极度贫乏。只有这一年一度的木偶皮影小戏，是他们为数有限的文化生活、精神享受。"顷刻驱驰千里外，古今事业一宵中。"木偶戏浓缩了历史文明，颂扬了英雄史诗，鞭挞了时弊风气，辨别了忠奸善恶。特别对于那些孩童，在娱乐中得到一定的教育，木偶戏真正成为中国历史文化的教科书。

在你们的木偶表演中，我看到了艺术的光辉，照亮了我们的生活世界，启迪了我们的人生智慧。

城市的天空散出朦胧的气息，这个城市藏进雾，仿佛半透明的包，耸立的楼群，在城市中央挺拔，眺望整个大地，时不时有几只鸽子在天空翱翔，这个当然与它无关。但它勾出了无限辽阔的记忆，我在想，多年之后，会不会这个地方随着时光风华，慢慢的沉入缥缈的回声。

# 「凉山彝梦」

　　行走在大山的怀中，我听见隐隐约约的声音传来，就像一条线，朦胧动人，我分不清这是缥缈还是一种错觉。我以为这是一场错觉，可是我却不断地听到你声音的轻叹，弯弯流水就像是你的曲调。在大渡河边的山中，我想，这定是凉山彝族人民从远方传来的歌声。

　　这种声音我从未听到过，带点轻风的柔语，带着质朴的空灵，它毫无保留地抒发情感，它的声音传遍我身边的每一寸土地，掀起激情，掀起感动，掀起美感，让大地打开风琴，我没有听过这样的声音，它空灵，潇洒的表现自我。我想它的胸怀必定坦荡宽敞，情思细腻狂放，无伴奏的歌儿就这样响起，无伴奏的符号注定在这条路上成为最美的音律，天籁的声音让人动情，细腻的情思让人生出无限遐想。

　　你是奔跑的歌声，你是流动的歌声，在一个不经意的瞬间听见你的雄壮，豪情，如此跌宕，起伏，你的歌声在云中穿梭，你的歌在丛林中颤动。风歇歌止，你和空中的宁静融合一体，你是心情的音韵，你是天地的表情。

　　红红的篝火在等你到来。那篝火就是梦的开始，那篝火就是美丽的

－ 225 －

相遇。

我们围在篝火旁边快乐欢畅，我们和你们就是相亲相爱的一家人，把我们的心情都交给篝火吧，把我们的身影都交给篝火，篝火边是快乐的海洋，篝火边有把酒言欢的欢唱，欢乐的骨头在舞蹈，欢乐的歌声很嘹亮。篝火，使寒冷的眼神清澈，使脚步的姿态豪放，我们手挽着手在梦的花园旋转，舞蹈，我们心灵相互依靠，在火光的注视中幸福溢满脸上，篝火在的地方，就有空灵的歌声在绽放。

我记得我们彼此相拥的夜晚，记得那夜月光无限的柔情，记得那些散落在黑夜中无限的遐想，那些清澈的目光，那些轰烈的热情感染着我，欢迎你们的到来，远方的客人。那晚我们和激动的火焰融合在了一起，像拥有孩子的天真般那样幸福成长。来到凉山的日子，心中的感动就像是一望无际的海洋，我想我能带走一片月光，但是这里所有的一切，在我的记忆中已经生根发芽，我想，我的爱，已经穿透我生命的固执。

我爱你们质朴的眼神，我爱你们神秘的表情，我爱你们散发的一种民族气质，一直以来，你就像是一个梦在不断地吸引着我，这些凌乱的诗句是对你的表白，那些梦中的述说，那些清秀的山水，那些飞舞的篝火都是我宿命的火花。

无论这辈子能不能与你相依，我想，我不虚此行，这是最美的烟火，这是动人的邂逅，来到这里，我可以减少平日的烦忧，拾起人生对美的向往，可以消融我心中固执的冰块，让我的心安静发亮，可以让我的离愁都随之飘散。

得不得到你，都不重要。能与你们相遇一次就是我人生最大的幸福。

落日的余晖，给大地、沧桑的房屋、青石板披上了一层黄昏。

　　远处的房舍如画，流水清然作响，不一样的方言，生活习惯，和一些悲欢离合的情节在我的脑海中倒带……

　　这些多美，忘不了，忘不了。

　　走了，走了，挥一挥手，我相信我们会再次相遇，等时间跑开的时候。

　　我们的相遇，我们的缘分一定要长生不老。